HÄKEL MIT!
Die Kinderhäkelschule

Inhaltsverzeichnis

Vorwort.................................. Seite 4

Die Kinderhäkelschule...... Seite 6

Kleine Wollkunde .... Seite 8

Grundausstattung .... Seite 12

Häkeln Schritt für Schritt................ Seite 14

Jetzt kann`s losgehen!..... Seite 28

Superleicht und supercool .... Seite 30

Für Stifte und Häkelnadeln............... Seite 32

Für beste Freunde .... Seite 34

Schöne Häkelschriften .... Seite 36

Alles im Griff............................. Seite 40

Monstermäßiges zum Frühstück.......... Seite 42

Kunterbunter Loopschal .... Seite 46

Für Krimskrams .... Seite 50

Für Jungs und Mädchen................. Seite 52

Tricks und Kicks .... Seite 56

Spiralen fürs Haar........................ Seite 60

Halten nicht nur im Winter warm........ Seite 64

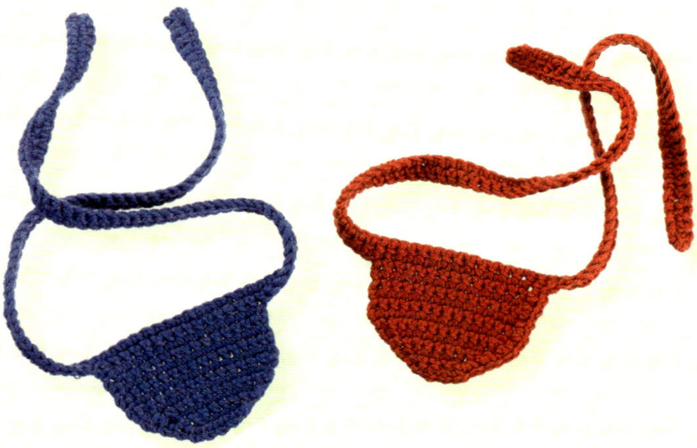

Für Häkel-Erfahrene....... Seite 68

Garantiert nicht giftig!................... Seite 70
Bändigen wilde Mähnen................ Seite 74
Mütze mit Schleifchen .... Seite 78
Schöne Untersetzer...................... Seite 82
Hübsche Blumengirlande.............. Seite 84
Piraten ahoi!.............................. Seite 88
Gepimpte Klamotten..................... Seite 92
Für deine Zimmerwand.................. Seite 98

Für Häkel-Profis .... Seite 102

Ideal für Frierkatzen.................. Seite 104
Schal mit Fransen .... Seite 108
Lässige Umhängetasche .... Seite 112
Pulswärmer und Handstulpen.......... Seite 116
Süße Schmusekatze .... Seite 122

Buchtipps................................ Seite 130
Impressum und Autorin................ Seite 132

Kinderleicht häkeln

Hast du auch schon einmal eine tolle selbstgemachte Mütze gesehen, einen schönen gehäkelten Schal oder ein kleines lustiges Accessoire aus Wolle und dich dann gefragt: Wie macht man das eigentlich – häkeln? Mit diesem Buch kannst du das Häkeln ganz einfach lernen, auch wenn du noch nie eine Häkelnadel in der Hand hattest. Armbänder, Stulpen, ein Schal, ein Täschchen, coole Footbags, Piratenbärte oder eine Katze – mit Hilfe der ausführlichen und leicht verständlichen Anleitungen häkelst du die Modelle kinderleicht nach. Lies dir zunächst die Kapitel im Einführungsteil über Werkzeuge, Wolle und Häkeltechniken gut durch, dann kann nichts mehr schiefgehen.

Die Häkelmodelle sind nach Schwierigkeitsgrad geordnet. Beginne mit den leichteren am Anfang und arbeite dich zu den Profimodellen am Schluss vor. Viele Modelle sind in bestimmten Farben vorgestellt. Du kannst aber alle Modelle auch in deinen Lieblingsfarben häkeln. Je mehr Übung du hast, desto mehr kannst du ausprobieren und so deine eigenen Kreationen entwerfen.

Auf geht's! Zücke Häkelnadel und Wolle und leg los. Bald wirst du die tollsten Accessoires und Geschenke gehäkelt haben. Mit diesem Buch wirst du ein echter Häkelprofi!

Ganz viel Spaß wünscht dir

deine

Die Kinderhäkelschule

Was sind Luftmaschen, wie häkelt man Stäbchen und wozu braucht man einen Magic Loop?

Hier erfährst du alles, was du über das Häkeln, die verschiedenen Wollsorten und die unterschiedlichen Häkeltechniken wissen musst.

Viel Spaß!

Kleine Wollkunde

Es gibt viele verschiedene Wollgarne, die aus unterschiedlichen Materialien bestehen und ganz unterschiedliche Eigenschaften haben. Manche Garne sind aus natürlichen Materialien gesponnen, wie z. B. Haaren vom Schaf oder Kamel oder eben Pflanzenfasern. Synthetisch hergestellte Garne sind Kunstfasern. Viele Wollgarne sind Mischungen aus beidem.

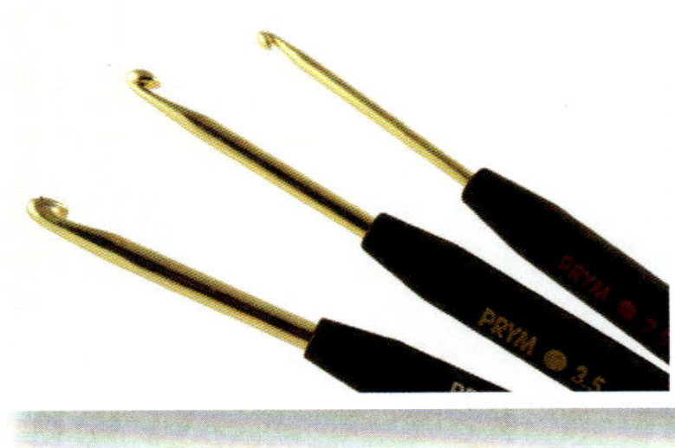

Wollgarnqualitäten

Garne aus Pflanzenfasern

Baumwollgarne sind glatt und man erkennt die Häkelmaschenstruktur sehr gut. Es gibt sie in einer großen Farbvielfalt und in vielen verschiedenen Stärken. Üblicherweise werden aus Baumwolle Topflappen oder Sommerkleidung gehäkelt, da die Wolle kühl auf der Haut ist. Es gibt auch Garne aus Bambus oder aus Leinen.

Garne aus Tierhaaren

Wolle aus Tierhaaren ist etwas filziger und sieht auch schon ein bisschen „wolliger" aus als andere Garne. Sie hält schön warm, daher werden aus reinem Tierhaar meist Jacken, Norwegerpullover oder Socken gestrickt. Manchmal fühlt sich reine Wolle aber etwas kratzig auf der Haut an. Merino- oder Lopiwolle stammt von Schafen, Mohair- oder Kaschmirgarn von Ziegen, Alpaka von Kamelen und Angorawolle von Kaninchen.

Synthetische Garne bzw. Kunstfasern

Synthetische Garne bestehen meistens aus Polyacryl, Polyester oder Nylon. Sie können ganz unterschiedlich aussehen. Wenn sie etwa zu Mikrofaser verarbeitet wurden, sind sie sehr glatt und fein. Garne aus Kunstfasern kratzen nicht auf der Haut, aber sie sind etwas weniger formstabil und bilden beim Tragen schnell die kleinen Knötchen auf der Oberfläche, die man „Pilling" nennt. Es gibt sie in unglaublich vielen Farben und Garnstärken und sie sind relativ preiswert.

Wollgarngemische

Die meisten Wollgarne sind Mischungen aus unterschiedlichen Wollgarnqualitäten, z. B. aus Merinowolle und Polyacryl. Durch die Mischung dieser beiden Materialien erhält man etwa ein wärmendes Garn, das nicht so schnell Knötchen bildet, nicht kratzt, nicht filzt und preiswert ist. Meist lassen sich solche Garngemische sehr gut verarbeiten.

Effektgarne

In manche Wollgarne sind Silberfäden (wie Lurex) oder Stretchmaterialien (wie Elastan) eingesponnen. Man nennt dies Effektgarne. Daneben gibt es Bouclé, Schlingen- oder Fransengarne und sogar Garne mit Pompons. Diese Effektgarne muss man meistens mit etwas größeren Häkelnadeln verarbeiten, um den Effekt gut zur Geltung zu bringen.

Garnfarben

Wollgarne gibt es in allen erdenklichen Farbvarianten. Viele Garne sind einfarbig, es gibt aber auch mehrfarbige Garne. Bei meliertem Garn sind zwei oder mehr Farben gemischt. Bei Tweedgarn haben die miteinander verdrehten Fasern unterschiedliche Farben. Bei Multicolorgarnen wechselt der ganze Garnstrang innerhalb der Lauflänge die Farbe.

TIPP

Nicht nur Wolle lässt sich verhäkeln, sondern eigentlich alles, was aus einem langen Strang besteht, also auch Bast, Kordeln, Schmuckdraht, Sisal oder Paketschnur. Vielleicht fällt dir noch viel mehr ein. Probier's doch mal aus.

Was sagen dir die Banderolen?

Alles, was du über die Wolle wissen musst, steht auf den Banderolen, den Papierbändchen, die um die Knäuel geklebt sind.

Auf den Banderolen steht immer, welche Firma das Garn hergestellt hat (z. B. Schachenmayr) und wie das Garn heißt (z. B. Universa).

Garnknäule werden in Gramm verkauft, meistens 50 g oder 100 g pro Knäuel.

Die Lauflänge (z. B. „ca. 125 m") gibt an, wie lang der Faden ist, wenn du ihn vom Knäuel abwickelst.

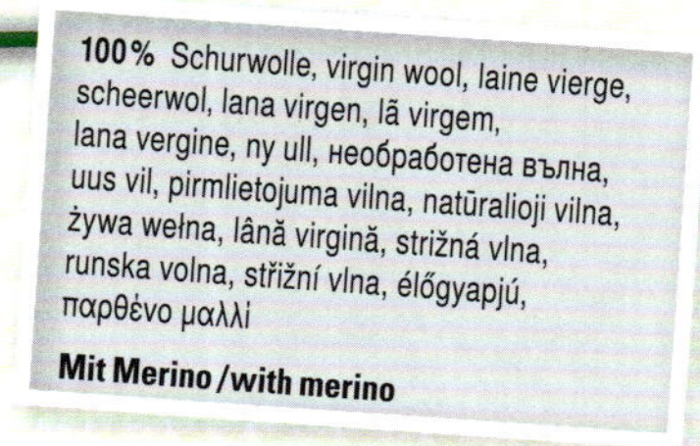

Die Zusammensetzung des Materials zeigt an, aus welchen unterschiedlichen Qualitäten die Wolle anteilig besteht (z. B. 55% Schurwolle, 45% Polyacryl).

Pflegehinweise für das Garn (z. B. „Bei 30° waschen", „Nicht schleudern", „Nicht Bügeln" usw.) sagen dir, wie du dein Modell später waschen kannst.

Das Pulloversymbol zeigt an, wie viel Gramm Wollgarn man braucht, um einen Pullover in einer bestimmten Größe zu häkeln. Meist ist Größe 40 angegeben.

Die Farbkodierung: Jede Farbe hat einen bestimmten Zahlencode, den der Hersteller festlegt, z. B. Farbe 00253.

Neben dem Farbcode steht die Partienummer. Knäuel mit derselben Partienummer stammen alle aus demselben Farbbad, in dem die Wolle gefärbt wird. Verwendest du unterschiedliche Partienummern, kann es sein, dass die Farben geringfügig voneinander abweichen. Achte also immer auf die identische Partienummer.

Die Nadelstärke gibt an, welche Häkel- oder Stricknadelstärke zum Verarbeiten geeignet ist. Meist ist eine Spanne angegeben, z. B. 3–4. Das bedeutet, du kannst eine Häkelnadel der Stärke Nr. 3, 3,5 oder 4 verwenden, je nachdem wie fest oder locker du häkeln möchtest.

Tipp

Für Anfänger sind mittelstarke Wollgarne für Häkelnadelstärken 3,5 bis 5,5 geeignet. Achte beim Kauf darauf, dass die Wollfasern relativ fest miteinander verdreht sind, damit du beim Häkeln mit der Nadel nicht so leicht zwischen die Fasern kommst.

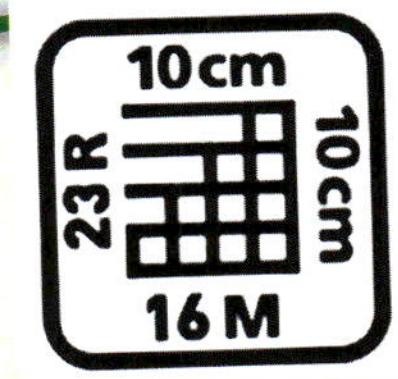

Die „Maschenprobe“ gibt an, wie viele Maschen in der Breite und wie viele Reihen in der Höhe, ein Quadrat von 10 cm x 10 cm ergeben würden. Das ist die sogenannte „Maschenprobe“.

TIPP

Hebe immer eine Banderole der Wolle, die du verarbeitet hast, zusammen mit Wollprobe mit den verschiedenen Farbnummern auf. So weißt du immer, wie du dein Gehäkeltes pflegen musst, und kennst die genaue Farbbezeichnung, falls du Wolle nachkaufen möchtest. Klebe doch einfach beides in ein kleines Heftchen.

Grundausstattung

Das Werkzeug

Häkelnadeln

Häkelnadeln gibt es in verschiedenen Größen und aus unterschiedlichen Materialien, mit oder ohne Griffe aus Kunststoff oder Gummi. Für den Anfang sind Häkelnadeln aus Stahl und mit Soft-Griff geeignet. Die Häkelnadelgrößen geben den Durchmesser der Häkelnadel in Millimeter an. In diesem Buch wurden Nadeln der Stärken zwischen 2,5 mm bis 8 mm benutzt.

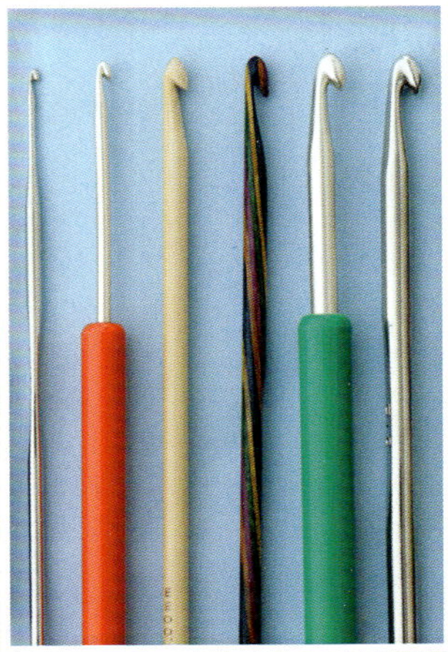

Stecknadeln

Mit Stecknadeln fixierst du einzelne Teile deiner Häkelmodelle, während du sie zusammennähst.

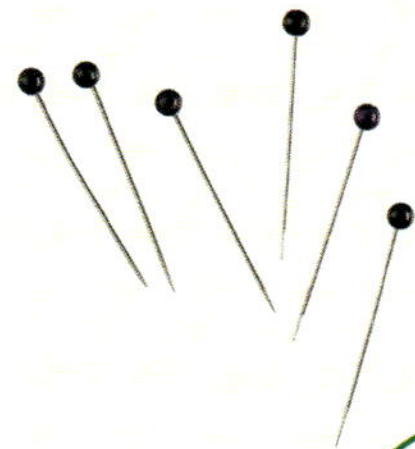

Schere

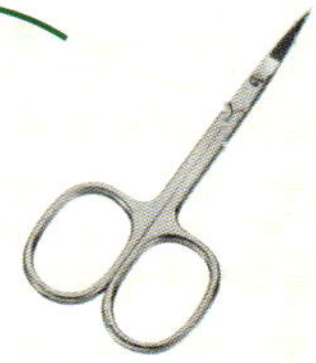

Mit einer kleinen spitzen Schere schneidest du Fäden ab. Je schärfer die Schere schneidet, desto glatter ist der Schnitt. So lassen sich die Endfäden am besten zum Vernähen auf die Nadeln fädeln.

Stopf- und Sticknadeln

Stopf- oder Sticknadeln haben eine abgerundete Spitze und meistens ein großes Nadelöhr. Deswegen eignen sie sich gut zum Vernähen von Wollgarnen. Mit der runden Spitze kommst du durch die Maschenglieder, ohne versehentlich an den Fasern der Garne hängen zu bleiben.

Maschenmarkierer

Mit Maschenmarkierern kennzeichnet man z. B. den Rundenanfang oder das Rundenende. Du kannst stattdessen auch nur einen Faden in einer anderen Farbe in deine Häkelarbeit einlegen und am Ende einfach rausziehen.

Nähnadeln

Mit Nähnadeln bringst du kleine Knöpfe und Perlen auf deiner Häkelarbeit an, da durch deren Löcher keine Stopfnadel passt.

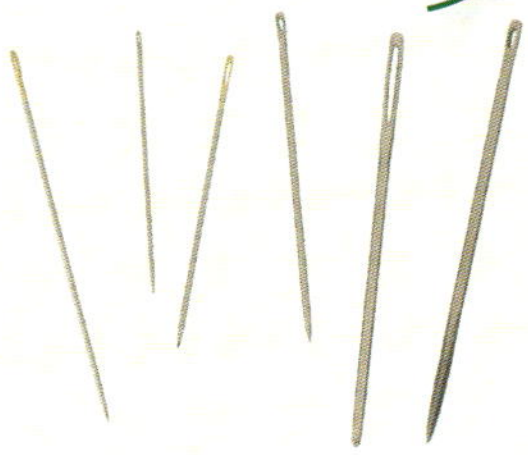

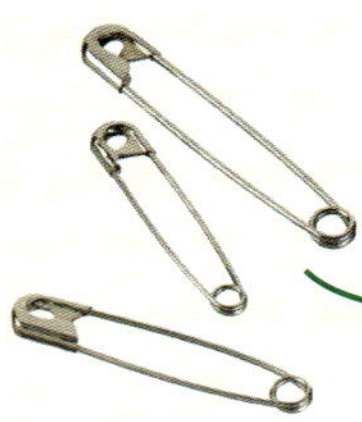

Sicherheitsnadel

Mit einer Sicherheitsnadel kannst du z. B. die zuletzt gearbeitete Schlinge sichern, während du dein Modell mit Füllwatte befüllst. Auch Luftmaschenketten kannst du damit stilllegen, wenn du deren Länge testest.

Textilklebestift

Hiermit kannst du Häkelteile aufkleben, wenn du sie nicht annähen möchtest.

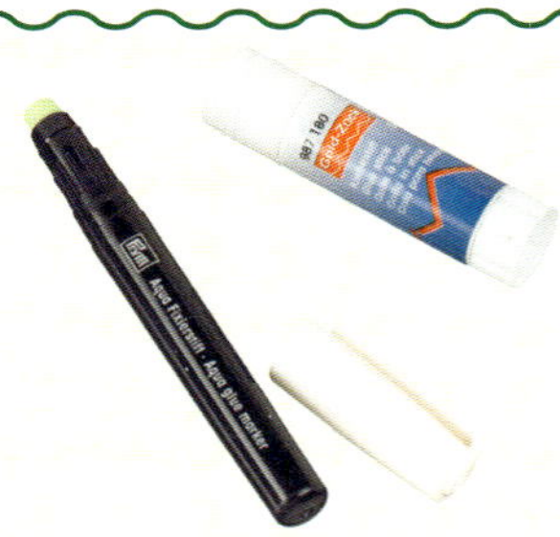

Das Material

Gummiband

Um kleine Garnreste zum Beispiel zu Haargummis zu verarbeiten, lohnt es sich immer, ein bisschen Gummiband zur Hand zu haben. Auch Gummiband gibt es in vielen bunten Farben, die du dir jeweils passend aussuchen kannst.

Knöpfe und Perlen

Knöpfe und Perlen gibt es in unterschiedlichen Farben und Größen. Man kann sie toll zum Dekorieren verwenden. Mit aufgenähten Perlen kannst du jedes noch so schlichte Häkelwerk aufpeppen. Du kannst auch Knöpfe von alten Kleidungsstücken abtrennen und wiederverwenden.

Bänder

Bei einigen Modellen werden Satin- oder Chiffonbänder verwendet. Diese Bänder gibt es in vielen verschiedenen Farben und Mustern.

Kirschkerne, Linsen, Reis

Auch Kirschkerne, Linsen oder Reis sind gute Füllmaterialien, wenn du etwa den Boden eines Türstoppers beschweren willst, oder für die Foodbags. Achte darauf, dass du mit Linsen und Reis gefüllte Modelle nicht waschen kannst. Füllst du mit Reis, müssen die Maschen sehr fein sein, sonst rutschen die Körnchen durch. Ein mit Kirschkernen gefülltes Werk kannst du waschen und sogar als Wärmekissen benutzen, wenn du es kurz in den Backofen oder in die Mikrowelle legst.

Füllwatte

Mit Füllwatte werden Kissen, Häkeltiere oder Puppen ausgestopft. Achte beim Kauf darauf, dass sie waschbar ist. Stopfe immer nur kleine Mengen in dein Modell, so lässt sich die Watte leichter in die gewünschte Form bringen.

BSN-Folie oder Vliesofix®

Mit BSN-Folie oder Vliesofix® kannst du gehäkelte Motive auf T-Shirts oder andere Kleidungsstücke aufbügeln. Achte bei der Verarbeitung immer auf die Herstellerangaben.

Häkeln Schritt für Schritt

Anfangsschlinge

Wickle etwa 15 cm Garn vom Knäuel ab und knote eine regulierbare Schlinge.

Nadel- und Fadenhaltung

1 Nimm die Häkelnadel in die rechte Hand (Linkshänder: linke Hand) und führe sie von rechts nach links (Linkshänder: links nach rechts) durch die Anfangsschlinge. Ziehe mit der anderen Hand am Fadenende, sodass sich die Schlinge strafft, bis sie die Häkelnadel umschließt.

2 Spanne den Faden 10 cm vom Knoten entfernt vorn um den linken Zeigefinger (Linkshänder: rechter Zeigefinger) und halte ihn mit den restlichen Fingern der gleichen Hand fest.

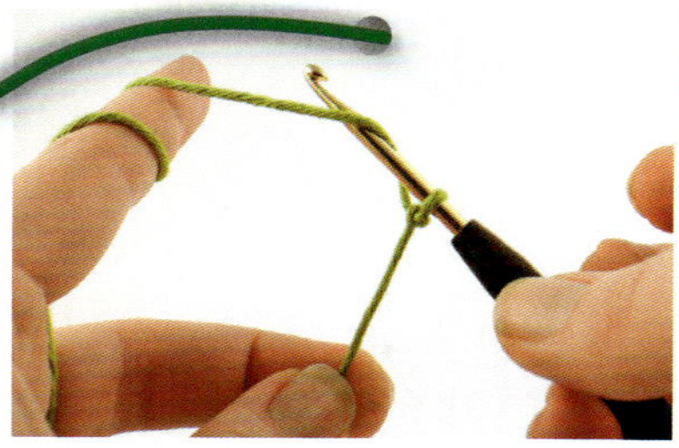

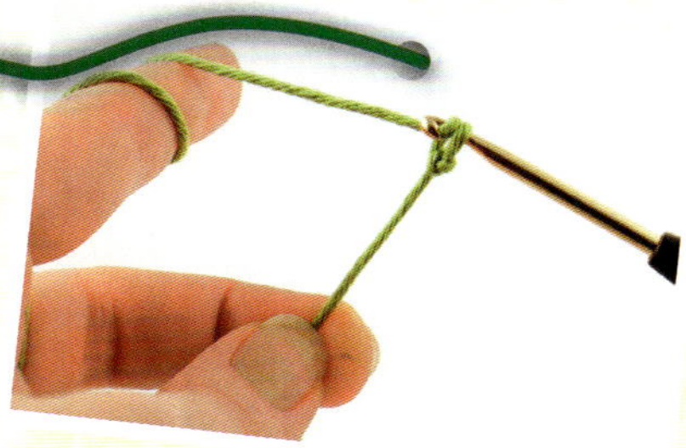

Luftmaschen

1 Führe die Häkelnadel durch die Anfangsschlinge.

2 Führe die Häkelnadel mit dem Haken nach oben von vorn nach hinten und nach oben gegen den gespannten Faden, sodass er sich um die Häkelnadel legt. Das nennt man „Faden holen“.

3 Ziehe die Häkelnadel zurück und drehe sie dabei so, dass der Haken nach unten zeigt. Ziehe die Schlinge durch die Anfangsschlinge hindurch. Fertig ist die Luftmasche.

3 Wickle den Faden einmal um den jeweiligen Zeigefinger. Der Abstand zur Häkelnadel sollte nicht zu groß sein.

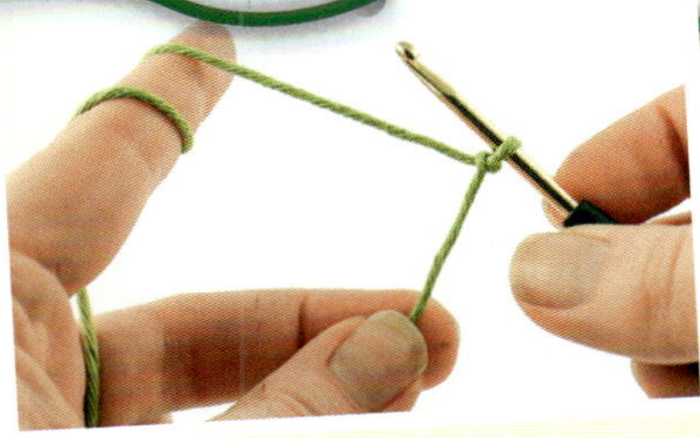

4 Mit dem Daumen und dem Mittelfinger greifst du gleichzeitig den Fadenanfang und straffst ihn.

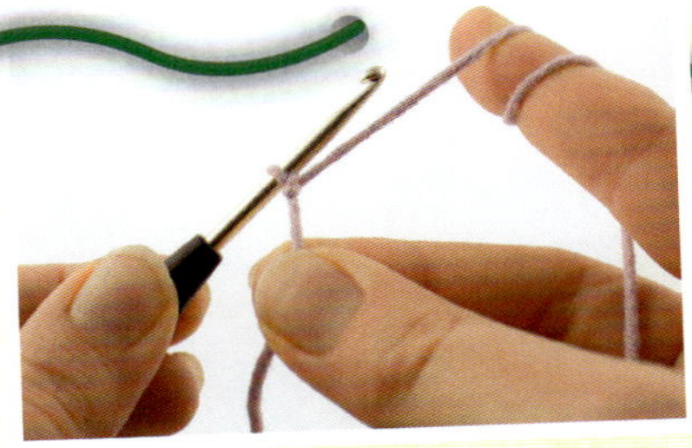

Häkeln für Linkshänder

Bist du Linkshänder? Kein Problem! Linkshänder können beim Häkeln die gleichen Arbeitswerkzeuge benutzen wie Rechtshänder. Auch die Häkelanleitungen sind für Links- und Rechtshänder gleich. Nur die Schrittfotos zeigen immer Rechtshänder. Nützlich ist daher ein kleiner Spiegel, den du immer an die rechte Kante der Schrittfotos stellst. Im Spiegel siehst du dann die Ansicht für Linkshänder.

4 Wiederhole Schritt 1 bis 3 mehrmals und du bekommst eine Luftmaschenkette. Der um deinen Zeigefinger gewickelte Faden sollte dabei behutsam über deinen Finger laufen, während du häkelst, sodass der Abstand der beiden Hände stets annähernd gleich bleibt.

Feste Maschen

1 Beginne mit einer Luftmaschenkette. Häkle eine weitere Luftmasche – das ist deine sogenannte Wendeluftmasche. Du wendest deine Arbeit aber an der Stelle noch nicht.

2 Führe die Häkelnadel nach unten und stich in die vorletzte Luftmasche ein. Hast du es geschafft, liegen zwei Schlingen über der Nadel und ein Maschenbogen unter der Häkelnadel.

3 Führe die Häkelnadelspitze nun nach oben und „hole" den um den Finger gewickelten Faden. Ziehe die Häkelnadel durch den Maschenbogen zurück.

5 Wiederhole Schritt 2 bis 4, bis du am Reihenende bist. Dort machst du 1 Wendeluftmasche, wendest deine Arbeit und arbeitest die nächste Reihe genauso.

Kettmaschen

Kettmaschen brauchst du manchmal, um eine Häkelrunde zu beenden. Kettmaschen arbeitest du wie feste Maschen, nur dass du den Faden beim ersten Mal „holen" nicht nur durch deine durchstochene Masche zurückziehst, sondern auch gleich noch mit durch die Schlinge, die auf deiner Häkelnadel liegt.

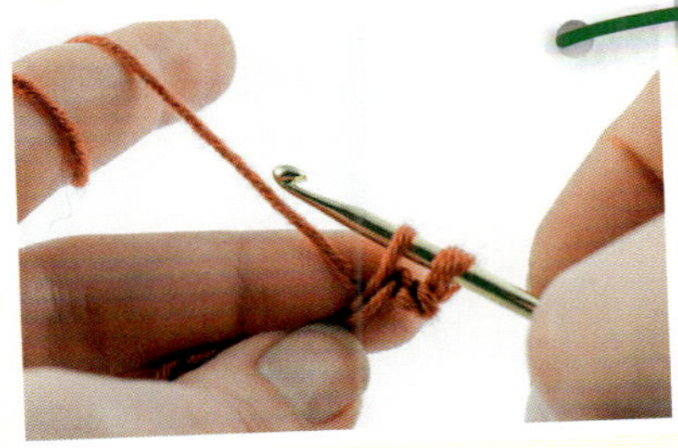 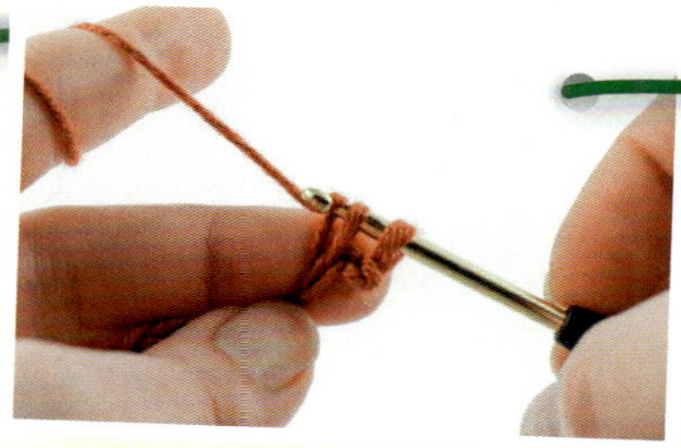 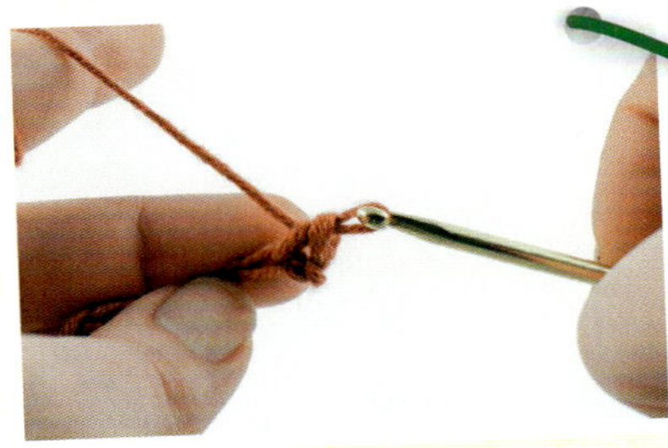

Die ursprüngliche Schlinge bleibt dabei immer auf deiner Häkelnadel. Du hast jetzt zwei Schlingen auf der Häkelnadel.

4 Hole den Faden erneut und ziehe ihn nun durch die beiden Schlingen. Fertig ist die feste Masche.

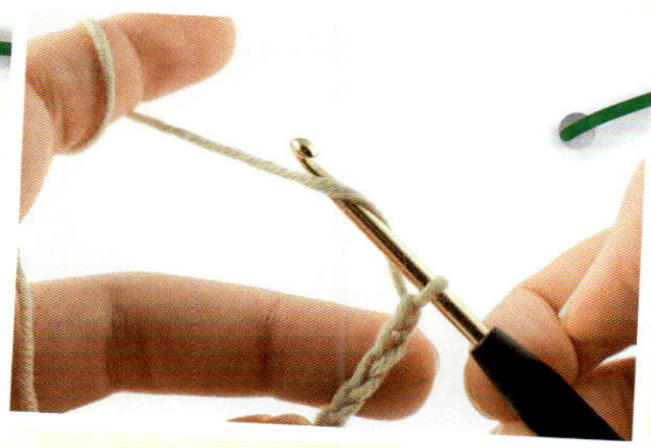 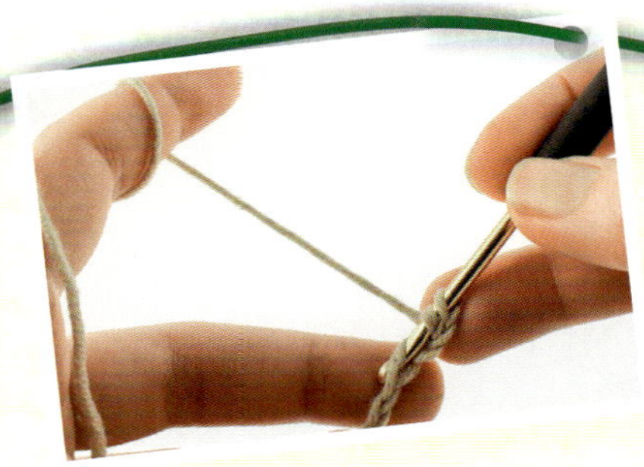 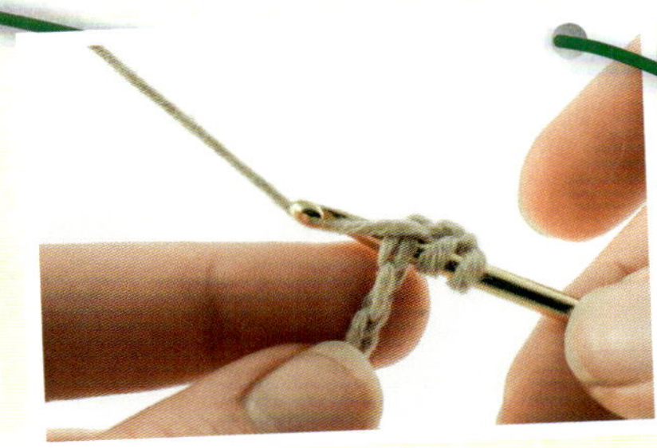

Halbe Stäbchen

1 Beginne mit einer Anfangsschlinge und häkle eine Luftmaschenkette. Am Ende häkelst du 2 Wendeluftmaschen, wendest aber noch nicht.

2 Führe die Häkelnadel von vorn unten nach hinten oben um den gestrafften Faden. Du hast jetzt einen sogenannten „Umschlag" auf der Nadel.

3 Führe die Häkelnadel nach unten und stich in die Luftmasche vor den Wendeluftmaschen ein. Jetzt liegen zwei Schlingen über der Nadel und ein Maschenbogen unter der Häkelnadel.

4 Hole erneut den Faden und ziehe ihn durch die durchstochene Masche hindurch. Jetzt hast du insgesamt drei Schlingen auf der Häkelnadel.

5 Die drei Schlingen maschst du zusammen ab, indem du den Faden erneut holst und durch alle drei Schlingen hindurchziehst. Fertig ist das halbe Stäbchen.

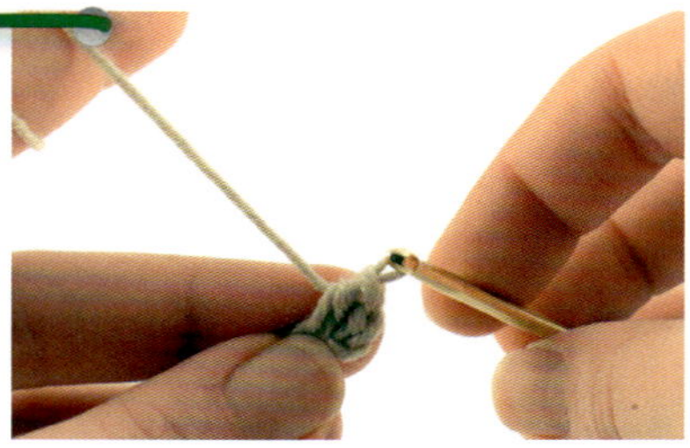

6 Der Faden auf der Nadel ist deine neue Schlinge. Arbeite die Reihe genauso weiter, häkle am Ende 2 Wendeluftmaschen und wende deine Arbeit. Die nächste Reihe arbeitest du genauso.

5 Die beiden ersten Schlingen (von der Häkelnadelspitze aus gezählt) maschst du zusammen ab, indem du den Faden erneut holst und durch die zwei Schlingen ziehst.

6 Der Faden bildet jetzt eine neue Schlinge und du hast nun wieder zwei Schlingen auf der Häkelnadel. Hole erneut den Faden und ziehe ihn durch diese beiden Schlingen hindurch. Fertig ist das Stäbchen. Der Faden, den du geholt hast, ist deine neue Schlinge.

Stäbchen

1 Beginne mit einer Anfangsschlinge und einer Luftmaschenkette. Am Ende häkelst du drei Wendeluftmaschen, wendest deine Arbeit aber nicht.

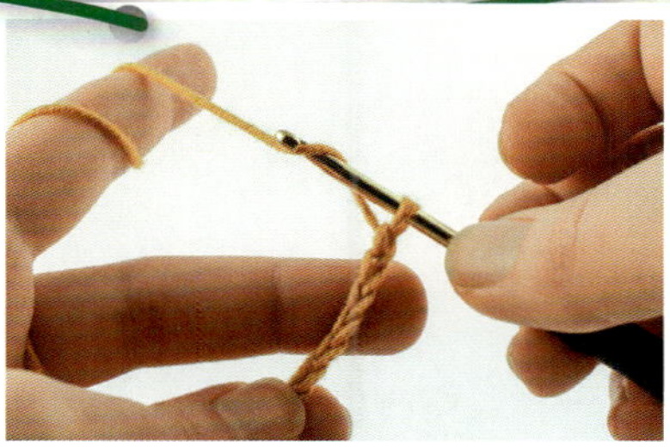

2 Führe die Häkelnadel von vorn unten nach hinten oben um den straffen Faden. Du hast nun einen „Umschlag" auf dem Faden.

3 Jetzt führst du die Häkelnadel nach unten und stichst in die letzte Luftmasche vor den Wendeluftmaschen ein. Jetzt liegen oben zwei Maschenbögen und unterhalb der Häkelnadel ein Maschenbogen.

4 Hole erneut den Faden und ziehe ihn durch die durchstochene Masche. Jetzt hast du drei Schlingen auf der Häkelnadel.

7 Arbeite die Reihe weiter, häkle am Ende 3 Wendeluftmaschen und wende deine Arbeit. Die nächste Reihe arbeitest du genauso.

Doppelstäbchen

1 Beginne mit einer Anfangsschlinge und einer Luftmaschenkette. Am Ende häkelst du 4 Wendeluftmaschen, wendest die Arbeit aber nicht.

2 Führe die Häkelnadel von vorn unten nach hinten oben um den straffen Faden. Du hast nun einen „Umschlag“ auf dem Faden.

3 Wiederhole Schritt 2, sodass du einen zweiten „Umschlag“ hast.

4 Führe die Häkelnadel nach unten und stich in die letzte Luftmasche vor den Wendeluftmaschen ein. Oben liegen nun zwei Maschenbögen und unterhalb der Häkelnadel ein Maschenbogen.

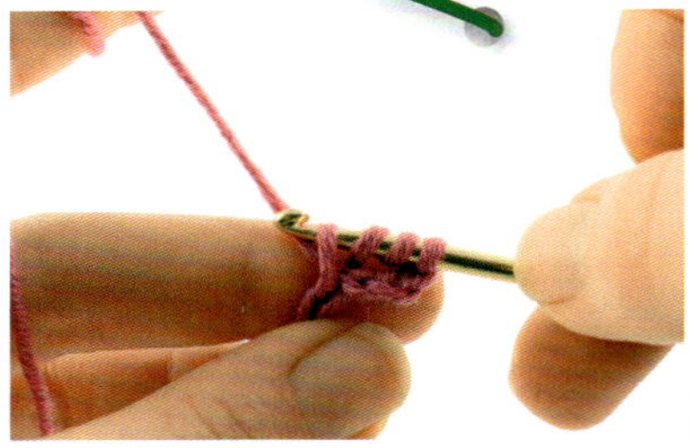

5 Hole den Faden und ziehe ihn durch die durchstochene Masche hindurch. Jetzt hast du insgesamt vier Schlingen auf der Häkelnadel liegen.

8 Hole ein letztes Mal den Faden und masche auch diese beiden Schlingen ab, indem du den Faden durch die zwei Schlingen ziehst. Fertig ist das Doppelstäbchen. Der Faden, den du geholt hast, ist die Schlinge, mit der du weiterarbeitest.

9 Arbeite die Reihe weiter, häkle am Ende 4 Wendeluftmaschen und wende deine Arbeit. Die nächste Reihe arbeitest du genauso.

6 Die beiden ersten Schlingen (von der Häkelnadelspitze aus gezählt) maschst du zusammen ab, indem du den Faden erneut holst und durch die beiden Schlingen hindurchziehst.

7 Nun hast du drei Schlingen auf der Häkelnadel. Hole den Faden erneut und ziehe ihn nur durch die beiden nächsten Schlingen hindurch. Der geholte Faden bildet wieder eine neue Schlinge und du hast zwei Schlingen auf der Häkelnadel.

Maschen zunehmen

Wenn du eine „Zunahme" häkelst, arbeitest du einfach zwei der beschriebenen Maschenarten in den gleichen Luftmaschenbogen der Vorrunde.

Wenn du beim Formen häkeln zunehmen willst, häkelst du am Ende oder Anfang einer Reihe noch einige Luftmaschen zusätzlich zu den Wendeluftmaschen, um die Reihe zu verlängern. Wenn du die Reihe zurückarbeitest, häkelst du auch Maschen in die neuen Luftmaschenbögen.

Maschen abnehmen

Wenn du eine „Abnahme" häkelst, arbeitest du eine Masche, behältst die zwei (oder mehr Schlingen) auf der Nadel und arbeitest schon die nächste Masche. Dann holst du den Faden und ziehst ihn durch alle Schlingen durch, die noch auf der Häkelnadel liegen.

Wenn du beim Formenhäkeln abnehmen willst, häkelst du die Maschenbögen am Ende der Vorreihe nicht, sondern arbeitest an der entsprechenden Stelle deine Wendeluftmasche und wendest die Arbeit schon früher. Wenn du am Reihenanfang Maschen überspringen willst, arbeitest du in die Maschenbögen der Vorrunde Kettmaschen bis zu der Stelle, an der du weiterhäkeln willst.

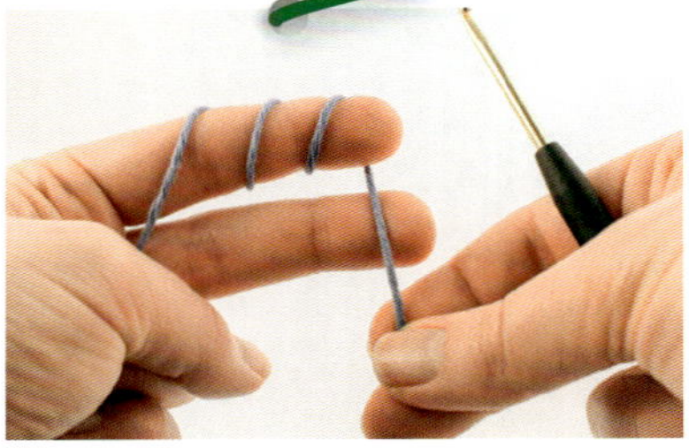

Magic Loop

Der Magic Loop ist ein guter Anfang für alle runden Häkelarbeiten, weil du die Mitte nachträglich enger oder weiter ziehen kannst. Bei Modellen, die gefüllt werden sollten, beginnt man meist mit einem Magic Loop.

1 Lege den Faden dreimal um den Zeigefinger. Dabei liegt das Fadenende in Richtung deiner Fingerspitze. Halte es mit Daumen und Mittelfinger fest.

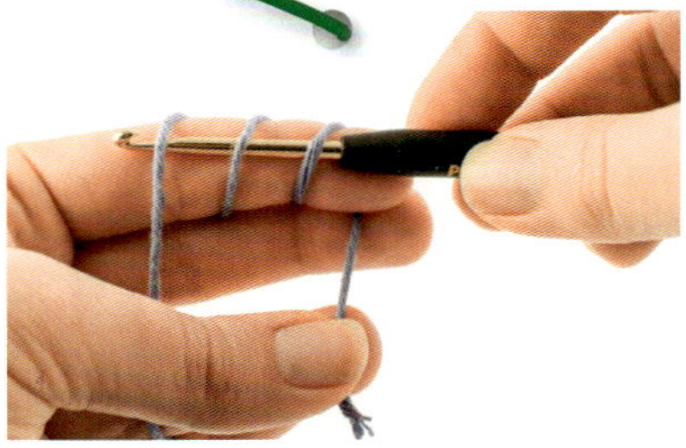

2 Führe die Häkelnadel von der Fingerspitze zur Hand durch alle drei Schlingen und ziehe den hinteren Faden durch die beiden anderen hindurch. Fertig ist die Anfangsschlinge.

3 Schiebe die restlichen zwei Schlingen von deinem Zeigefinger und halte sie mit Daumen und Mittelfinger fest. Die Häkelnadel steckt weiter in der Anfangsschlinge.

6 Hast du alle Maschen gehäkelt, verbindest du die letzte Schlinge auf deiner Häkelnadel mit einer Kettmasche durch die oberste deiner Luftmaschenkette vom Rundenanfang.

7 Ziehe am Anfangsfaden und das Loch in der Mitte deines Magic Loops schließt sich.

4 Wickle den Faden um deinen Zeigefinger, hole den Faden und ziehe ihn durch die Schlinge auf der Häkelnadel.

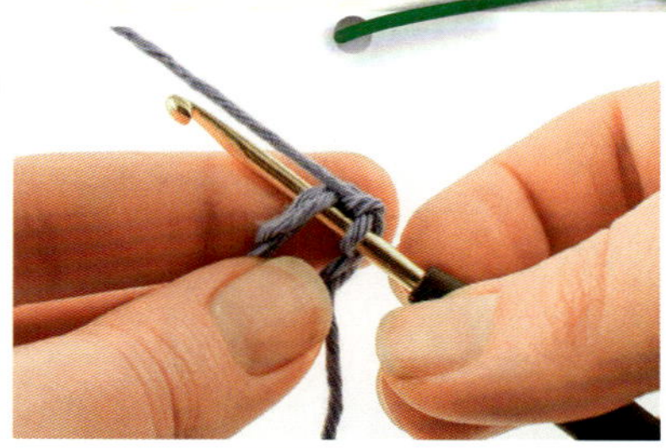

5 Häkle die Maschen nun in dieser ersten Runde immer durch das Loch in der Mitte. Bei festen Maschen kannst du einfach draufloshäkeln. Bei halben Stäbchen, Stäbchen oder Doppelstäbchen häkelst du am Rundenbeginn jeweils eine Luftmaschenkette in der Höhe der Maschenart, also 2 Luftmaschen bei halben Stäbchen, 3 Luftmaschen bei Stäbchen und 4 Luftmaschen bei Doppelstäbchen. Nach der Luftmaschenkette häkelst du die Maschen durch die Mitte des Magic Loops.

Rundenbeginn mit Luftmaschenkette

Der Rundenanfang aus einer Luftmaschenkette ist nicht flexibel regulierbar. Du brauchst ihn für schlauchige Arbeiten oder Blümchen, die in der Mitte offen sein sollen.

1 Häkle eine Luftmaschenkette und verbinde die erste und die letzte Luftmasche mit einer Kettmasche. Achte darauf, dass beim Zusammenhäkeln die Luftmaschenkette nicht verdreht ist.

2 In den so entstandenen Ring häkelst du alle weiteren Maschen. Auch hier beginnen die Runden immer mit einer Luftmaschenkette, die der Höhe der Maschen entspricht (siehe Magic Loop, Schritt 5), und enden mit einer Kettmasche am Rundenende.

Häkeln in gleichmäßigen Runden

Beim Häkeln in gleichmäßigen Runden beginnst du mit einem Magic Loop oder einer Luftmaschenkette. Dann häkelst du jeweils eine Runde um die Mitte und verbindest deine letzte Schlinge und die erste Masche mit einer Kettmasche. Dann beginnst du die nächste Runde auf die immer gleiche Weise. Bei halben Stäbchen, Stäbchen oder Doppelstäbchen ist dein Rundenbeginn jeweils eine Luftmaschenkette in der Höhe der Maschenart, also 2 Luftmaschen bei halben Stäbchen, 3 Luftmaschen bei Stäbchen und 4 Luftmaschen bei Doppelstäbchen.

Häkeln in Spiralrunden

Beim Häkeln in Spiralrunden beginnst du mit einem Magic Loop oder einer Luftmaschenkette. Dann häkelst du deine Maschen immer in die Maschenbögen der Vorrunde. Um den Rundenanfang zu markieren, legst du dir einen Faden in einer anderen Farbe in deine Arbeit ein.

Knopf annähen

Fädle einen Faden auf eine Stopf- oder Nähnadel und verknote die Fadenenden. Stich von hinten durch das Häkelteil und eines der Knopflöcher. Straffe den Faden und führe ihn durch das andere Knopfloch wieder nach hinten. Das wiederholst du einige Male und vernähst dann die Fadenenden, indem du einige Stiche hinten durch das Häkelteil hin und her nähst. Bei Zierknöpfen kannst du die Fadenenden auch nur verknoten.

Häkelteile nass spannen

Um Häkelteile zu glätten, werden sie nass gespannt. Lege ein großes altes Handtuch dreifach oder vierfach zusammen, damit es schön dick ist. Lege dein Häkelteil darauf und fixiere es an den Rändern mit Stecknadeln, die du tief ins Handtuch stichst. Verzogene Teile kannst du durch Ziehen etwas korrigieren. Besprühe das Gehäkelte mit dem Blumensprüher, bis es relativ nass ist. Dann lässt du alles gut trocknen und entfernst die Nadeln.

Überwendlichsstich

Mit dem Überwendlichsstich nähst du Häkelteile zusammen oder verzierst Kanten deiner Arbeit. Dabei stichst du immer von unten nach oben durch ein oder mehrere Häkelteile und führst die Nadel dann wieder so, dass du erneut von unten nach oben stichst.

Heftstich

Mit dem Heftstich kannst du zwei Flache Teile miteinander verbinden oder auch Zierkanten sticken. Stich von unten nach oben durch ein oder zwei Häkelteile und straffe den Faden. Stich ein bis zwei Maschen weiter vorn von oben nach unten durch die Arbeit und straffe den Faden. Wieder ein bis zwei Maschen weiter führst du den Faden erneut von unten nach oben usw. Am Ende vernähst du Anfangs- und Endfaden, indem du einige Male auf der Stelle durch zwei Maschen nähst.

Füllen mit Dekowatte

Manche Modelle werden gefüllt, bevor die Häkelarbeit beendet ist. Damit sich deine gehäkelten Maschen beim Füllen nicht wieder aufziehen, ziehst du die Häkelnadel aus der Schlinge heraus und sicherst die Schlinge mit einer Sicherheitsnadel. Nach dem Füllen entfernst du die Sicherheitsnadel und kannst mit der Schlinge weiterhäkeln. Fülle die Häkelteile immer mit kleinen Portionen Füllwatte. Sie lassen sich besser in Form bringen.

Teile zusammennähen

Teile von dreidimensionalen Modellen werden mit dem Überwendlichsstich zusammengenäht. Fixiere die Teile zuvor mit Stecknadeln oder etwas Klebstoff. Da wo die Teile aufeinandertreffen, stichst du in ein Körperteil ein und lässt die Nadel bei dem anderen Körperteil wieder austreten. Das wiederholst du reihum entlang der Kanten, bis alle Teile fest miteinander verbunden sind.

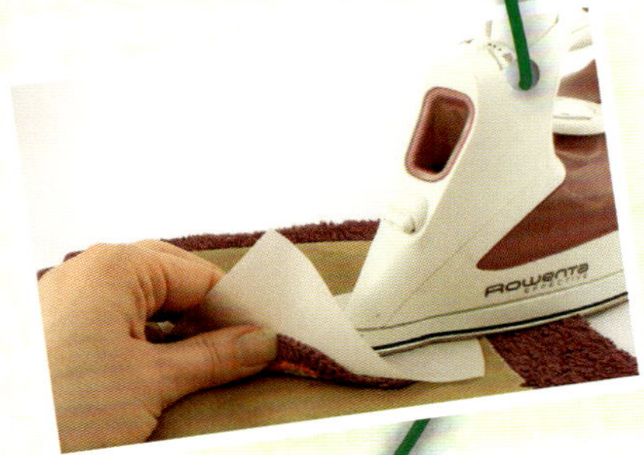

Aufbügeln von Vliesofix® oder BSN-Folie

Auf einem Bügelbrett oder einem alten Handtuch, legst du etwas Backpapier aus und legst die Häkelteile mit der Vorderseite nach unten drauf. Darauf legst du Vliesofix® oder BSN-Folie und bügelst zwei Minuten über die Teile. Beachte die Herstellerangaben. Nach dem Abkühlen schneidest du die Teile aus. Anschließend entfernst du die Trägerfolie und legst die Häkelteile auf dein Kleidungsstück. Stecke die Teile mit Stecknadeln fest, drehe das Kleidungsstück auf links und bügle auf der linken Stoffseite, wo die Häkelteile angebracht sind. Nach dem Abkühlen, kannst du dein Kleidungsstück wieder auf rechts drehen und die Stecknadeln entfernen.

Jetzt kann's losgehen!

Du möchtest deiner Freundin oder deinem Freund ein cooles Geschenk machen? Wie wäre es mit einem Freundschaftsband in euren Lieblingsfarben, einem praktischen Schlüsselanhänger oder ein paar Footbags? Oder du häkelst dir einen Loopschal und eine schöne Mütze. Fang einfach an zu häkeln! Die ausführlichen Anleitungen sind für jeden Anfänger leicht verständlich.

Superleicht und supercool

Fingerhäkelschnürsenkel

Material

Grün-blaue Schnürsenkel

- Rest Kurtenbach Twister Polo Color in Hellgrün-Hellblau-Blau (Fb 90037)
- Washitape in Dunkelgrün
- Schere

Rot melierte Schnürsenkel

- Rest Kurtenbach Twister Polo Color in Rot meliert (Fb 9007)
- Washitape in Türkis

1 Wickle etwa 15 cm Wolle ab und knote eine regulierbare Schlinge.

2 Schiebe Daumen und Zeigefinger deiner linken Hand durch die Anfangsschlinge und spreize die Finger etwas auf.

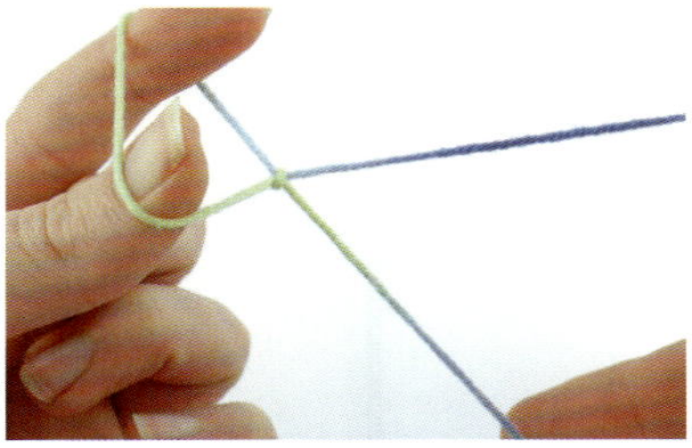

3 Klemme den langen Faden, der am Knäuel hängt, zwischen Zeigefinger und Daumen deiner rechten Hand und halte dann das Fadenende zwischen dem Handballen und den restlichen Fingern der rechten Hand fest.

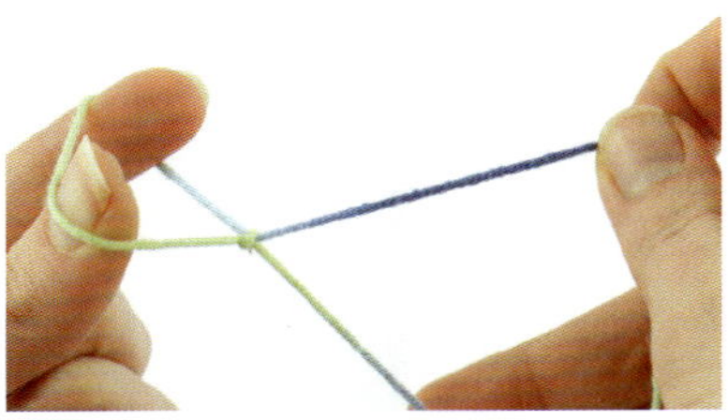

TIPP

Mit den schönen bunten Bändern kannst du auch Geschenke umwickeln oder sie als Bänder für einen Tunnelzug in Jacken verwenden.

4 Stülpe den Mittelfinger deiner linken Hand durch die Schlinge, die du mit Daumen und Zeigefinger aufspreizt, und hake damit den Faden ein, der oben rechts vom Knoten spannt.

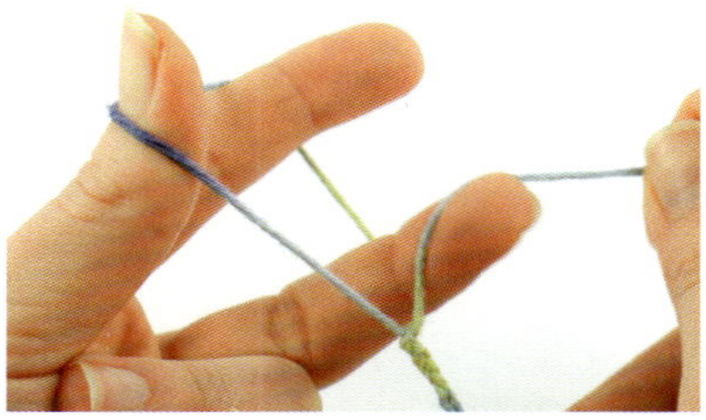

5 Ziehe den Finger durch die Schlinge auf der linken Seite zurück.

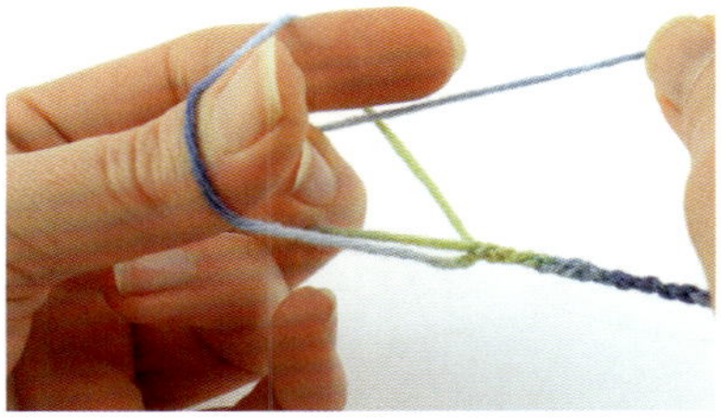

Dabei rutscht deine Schlinge vom linken Daumen und Zeigefinger herunter.

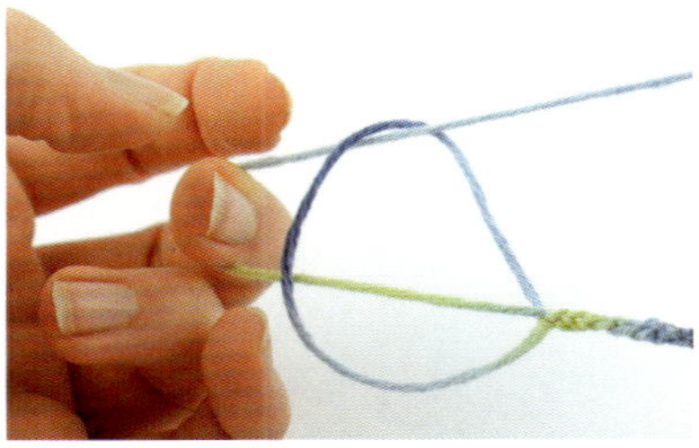

Ziehe anschließend so lange, bis der Faden neben dem Anfangsknoten einen neuen Knoten gebildet hat.

6 Schritt 2 bis 5 wiederholst du, bis deine Knotenkette lang genug ist. Die Fäden die du rechts mit deinen Fingern aufgreifst, musst du immer wieder neu nachgreifen, damit sie straff bleiben und die Fadenlängen zu deiner Fingergröße passen.

7 Sobald dein gehäkelter Strang lang genug ist – bei Schnürsenkeln sollten es etwa 90 cm sein –, schneidest du den Faden vom Knäuel ab und ziehst die letzte Schlinge lang, bis das Fadenende durchrutscht.

8 Schneide Anfangs- und Endfaden sauber ab und umwickle die Enden straff mit etwa 3 cm Washitape. So lassen sich die Schnürsenkel besser einfädeln.

Für Stifte und Häkelnadeln

Schmuckes für den Schreibtisch

Das musst du schon können: Luftmaschen

1 Knote eine Anfangsschlinge.

2 Stecke die Nadel durch die Anfangsschlinge und hole den Faden durch. Deine 1. Luftmasche ist entstanden und du hast eine neue Schlinge auf deiner Häkelnadel.

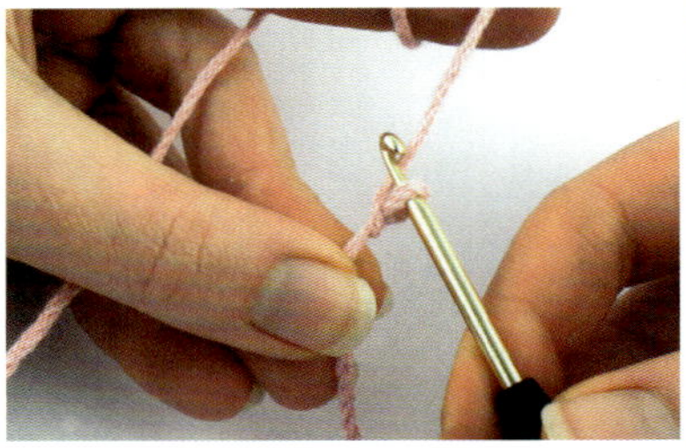

3 Auf diese Weise häkelst du etwa 500 Luftmaschen. Wenn du bei der letzten Schlinge angekommen bist, ziehst du vorsichtig deine Häkelnadel heraus und sicherst die Masche mit einer Sicherheitsnadel.

4 Beklebe das Glas rundherum mit dem doppelseitigem Klebeband und ziehe anschließend die Trägerfolie ab.

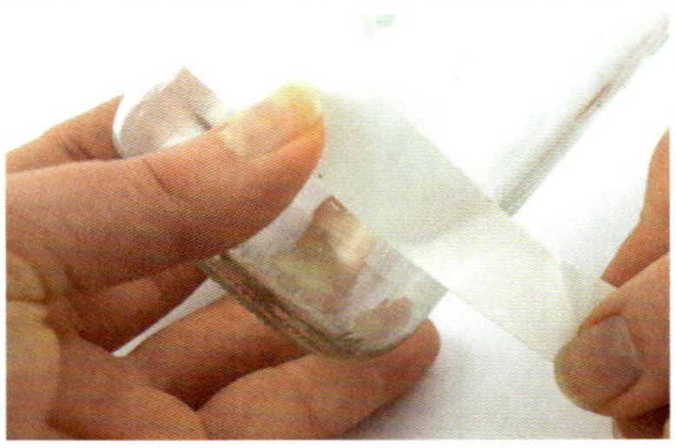

5 Nimm deine Luftmaschenkette an einem Ende und drücke sie auf das Klebeband. Du kannst oben oder unten an der Klebebandkante beginnen. Lege die Kette Runde für Runde um das Glas und drücke sie dabei immer etwas fest, bis entweder das Klebeband nicht mehr zu sehen oder deine Luftmaschenkette zu Ende ist. Ist die Kette zu kurz, nimm die Sicherheitsnadel vorsichtig heraus und häkle noch so viele Luftmaschen, wie du brauchst. Ist die Kette zu lang, nimmst du ebenfalls die Sicherheitsnadel heraus und ziehst vorsichtig am Faden, bis die Kette die richtige Länge hat.

6 Schneide den Faden etwa 15 cm von der Häkelnadel entfernt ab und ziehe die letzte Schlinge lang, bis das Fadenende durchrutscht. Schneide die überstehenden Fadenenden ab und drücke alles noch einmal fest.

7 Nun kannst du dein Glas mit weiteren kleinen Luftmaschenketten in Kontrastfarben verzieren. Lege einen Stern, bastle eine Schleife, drehe eine lustige Spirale oder klebe Knöpfe auf. Um die richtigen Kettenlängen zu bekommen, kannst du wieder mit der Sicherheitsnadel arbeiten und zwischenzeitlich immer mal ausprobieren. Rechne jeweils mit etwa 45 Luftmaschen für die gezeigten Verzierungen. Die Zierketten kannst du mit Klebstoff aufkleben.

Material

Wellen

- Rest Schachenmayr original Punto in Curaçao Blue (Fb 00067)
- Rest Schachenmayr original Punto in Rouge Rot (Fb 00029)
- Knopf in Weiß, ø 1 cm
- Häkelnadel Nr. 4
- Klebstoff
- doppelseitiges Klebeband
- Glas mit Schraubverschluss, ca. 350 ml Fassungsvermögen
- Schere
- Sicherheitsnadel

Stern

- Rest Schachenmayr original Punto in Indigo (Fb 00056)
- Rest Schachenmayr original Punto in Curaçao Blue (Fb 00067)
- Häkelnadel Nr. 4
- Klebstoff
- doppelseitiges Klebeband
- Glas mit Schraubverschluss, ca. 350 ml Fassungsvermögen
- Schere
- Sicherheitsnadel

Spirale

- Rest Schachenmayr original Punto in Indigo (Fb 00056)
- Rest Schachenmayr original Punto in Curaçao Blue (Fb 00067)
- Rest Schachenmayr original Punto in Rosa (Fb 00035)
- Häkelnadel Nr. 4
- Klebstoff
- doppelseitiges Klebeband
- Glas mit Schraubverschluss, ca. 350 ml Fassungsvermögen
- Schere
- Sicherheitsnadel

Schleife

- Rest Schachenmayr original Punto in Rosa (Fb 00035)
- Rest Schachenmayr original Punto in Curaçao Blue (Fb 00067)
- Häkelnadel Nr. 4
- Klebstoff
- doppelseitiges Klebeband
- Glas mit Schraubverschluss, ca. 350 ml Fassungsvermögen
- Schere
- Sicherheitsnadel

Streifen

- Rest Schachenmayr original Punto in Curaçao Blue (Fb 00067)
- Rest Schachenmayr original Punto in Rouge Rot (Fb 00029)
- 3 Knöpfe in Rosa, ø 1 cm
- Häkelnadel Nr. 4
- Klebstoff
- doppelseitiges Klebeband
- Glas mit Schraubverschluss, ca. 350 ml Fassungsvermögen
- Schere
- Sicherheitsnadel

Material

Krokodil

- Rest Schachenmayr original Catania in Soft Apricot (Fb 0246)
- Krokodilzierknopf in Grau, ø 2 cm
- Häkelnadel Nr. 2,5
- Knopf, ø 1 cm
- Schere
- Nadel
- Nähgarn

Sterne

- Rest Schachenmayr original Catania in Marine (Fb 0124)
- Rest Schachenmayr original Catania in Soft Apricot (Fb 0246)
- 5 Sternenknöpfe in Rot, ø 1 cm
- Häkelnadel Nr. 2,5
- Knopf, ø 1 cm
- Schere
- Nadel
- Nähgarn

Perlen

- Rest Schachenmayr original Catania in Kamelie (Fb 00252)
- 9 Glasrocailles in Weiß, ø 0,8 cm
- Häkelnadel Nr. 2,5
- Knopf, ø 1 cm
- Schere
- Nadel
- Nähgarn

Sonnen

- Rest Schachenmayr original Catania in Erdbeere (Fb 00258)
- 4 Sonnenknöpfe in Rosa, ø 1,5 cm
- Häkelnadel Nr. 2,5
- Knopf, ø 1 cm
- Schere
- Nadel
- Nähgarn

Streifenknöpfe

- Rest Schachenmayr original Catania in Jade (Fb 00253)
- Rest Schachenmayr original Catania in Agave (Fb 00244)
- 5 Streifenknöpfe in Rosé-Weiß, ø 1 cm
- Häkelnadel Nr. 2,5
- Knopf, ø 1 cm
- Schere
- Nadel
- Nähgarn

Für beste Freunde

Coole Armbänder

Das musst du schon können: Luftmaschen, feste Maschen, Knöpfe annähen

1 Knote zuerst eine Anfangsschlinge.

2 Runde 1: Häkle 35 Luftmaschen und eine 36. Luftmasche (Wendeluftmasche). Dann häkelst du durch die Maschenbögen der Luftmaschenkette zurück.

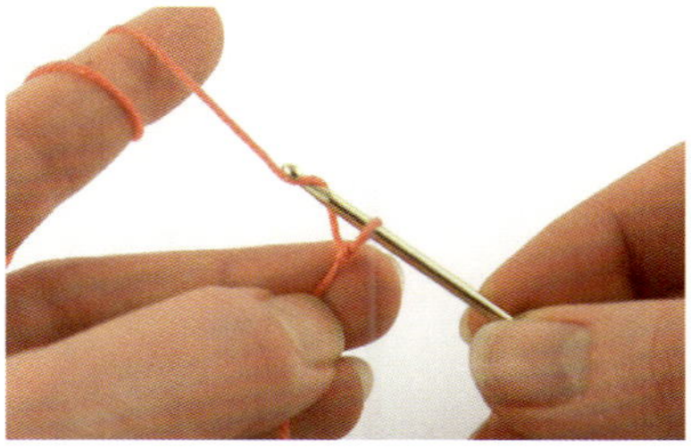

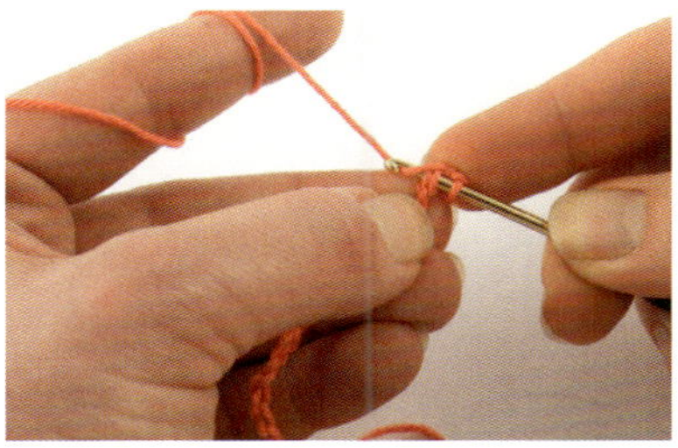

3 Runde 2: Stich durch die 35. Luftmasche der Vorrunde, hole den Faden und ziehe ihn durch diese 35. Masche. Du hast jetzt 2 Schlingen auf der Nadel. Hole erneut den Faden und ziehe ihn durch diese beiden Schlingen. Jetzt hast du deine erste feste Masche gehäkelt. Genauso verfährst du mit den restlichen 34 Luftmaschen aus der Vorrunde. Am Ende häkelst du 6 Luftmaschen.

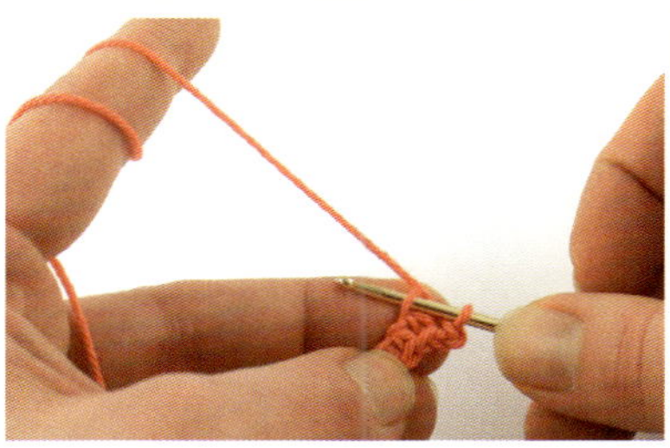

4 Runde 3: Führe den Luftmaschenbogen zu der allerersten Masche, die du gehäkelt hast, und stich dort in den Maschenbogen. Hole den Faden durch den Maschenbogen, sodass du wieder 2 Schlingen auf der Häkelnadel hast. Hole erneut den Faden und ziehe ihn durch diese beiden Schlingen. So verfährst du auch mit den restlichen 34 Maschenbögen. Am Ende hast du noch 1 Schlinge auf der Häkelnadel.

5 Schneide den Faden ca. 10 cm von der Schlinge entfernt vom Knäuel ab. Ziehe die letzte Schlinge lang, bis das Fadenende durchrutscht. Sichere das Fadenende, indem du es vernähst. Den überstehenden Anfangsfaden vernähst du ebenfalls.

6 Nähe den Knopf auf der dem Luftmaschenbogen gegenüberliegenden Seite an. Jetzt kannst du dein Freundschaftsband verschließen.

7 Zum Schluss kannst du dein Freundschaftsband noch verzieren, indem du Perlen oder weitere Knöpfe annähst.

TIPP

Über so ein tolles Freundschaftsband freut sich jeder. Probiere auch andere Farb- und Knopfkombinationen aus. Deiner Fantasie sind keine Grenzen gesetzt.

Schöne Häkelschriften

Luftmaschenketten einfach aufgeklebt

Material

Kreis

- Rest Schachenmayr original Punto in Lagune (Fb 00066)
- Rest Schachenmayr original Punto in Rosa (Fb 00035)
- 5 Glasperlen in Blau, ø 4 mm
- 9 Glasperlen in Hellblau, ø 4 mm
- 3 Glasperlen in Weiß, ø 4 mm
- Acrylfarbe in Azalee
- Pappe, A4
- Bleistift
- Zirkel
- Schere
- Pinsel
- Klebstoff
- Häkelnadel Nr. 4

Herzen

- Rest Schachenmayr original Punto in Rosa (Fb 00035)
- Rest Schachenmayr original Punto in Cyclam (Fb 00037)
- Rest Schachenmayr original Punto in Curaçaoblau (Fb 00067)
- 3 Knöpfe in Zartgelb, ø 1 cm
- Tonpapier in Braun, A4
- Schere
- Locher
- Bleistift
- Klebefilm
- Klebstoff
- Häkelnadel Nr. 4

Was du schon können musst:
Luftmaschen

Herzen

1 Zeichne die Herzen auf Tonpapier auf und schneide sie aus. Die kleinen Herzen sind etwa 10 cm hoch, das große etwa 21 cm. Stanze mit dem Locher jeweils links und rechts oben ein Loch in das große Herz.

2 Häkle die Luftmaschenketten aus Rosa und Cyclam für die Rahmen wie bei dem Kreis auf Seite 34 in Schritt 2 bis 6 beschrieben. Probiere zwischendurch immer aus, wie lang deine Ketten sein müssen. Die Luftmaschenketten für die kleinen Herzen bestehen aus je 50 Luftmaschen, die für das große Herz besteht aus 130 Luftmaschen.

3 Häkle weitere Luftmaschenketten in Rosa für die Buchstaben und in Cyclam für die kleinen Blümchen. Die Ketten für die Blumen bestehen aus etwa 32 Luftmaschen.

4 Häkle eine Luftmaschenkette als Aufhänger in Curaçaoblau.

5 Klebe alle Luftmaschenketten und die Knöpfe auf den Blumen auf. Die blaue Luftmaschenkette fädelst du als Aufhänger durch die Löcher. Um die kleinen Herzen mit dem großen zu verbinden, klebst du zum Schluss einen Wollfaden in Curaçaoblau mit Klebefilm auf die Rückseite der drei Herzen.

Kreis

1 Zeichne mithilfe des Zirkels einen Kreis mit einem Durchmesser von etwa 20 cm auf die Pappe. Du kannst auch einen Teller als Schablone benutzen. Schneide den Kreis aus, male ihn mit Acrylfarbe an und lass die Farbe trocknen.

2 Knote aus dem rosafarbenen Garn eine Anfangsschlinge.

3 Stecke die Nadel durch die Anfangsschlinge und hole den Faden durch die Schlinge. Deine erste Luftmasche ist entstanden und du hast eine neue Schlinge auf deiner Häkelnadel.

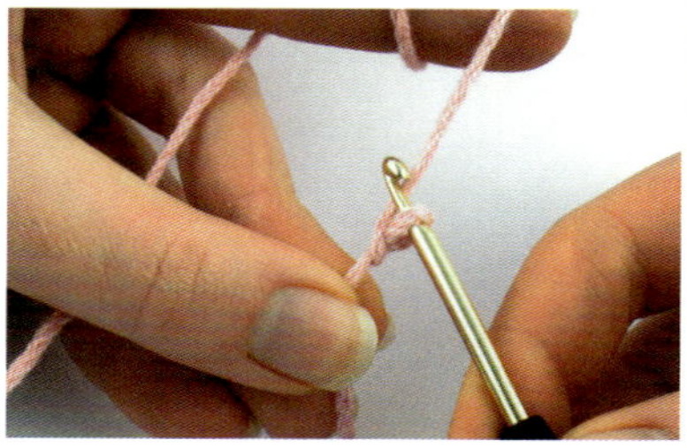

4 Auf diese Weise häkelst du etwa 100 Luftmaschen.

5 Wenn du bei der letzten Schlinge angekommen bist, ziehst du vorsichtig die Häkelnadel heraus und sicherst die Schlinge

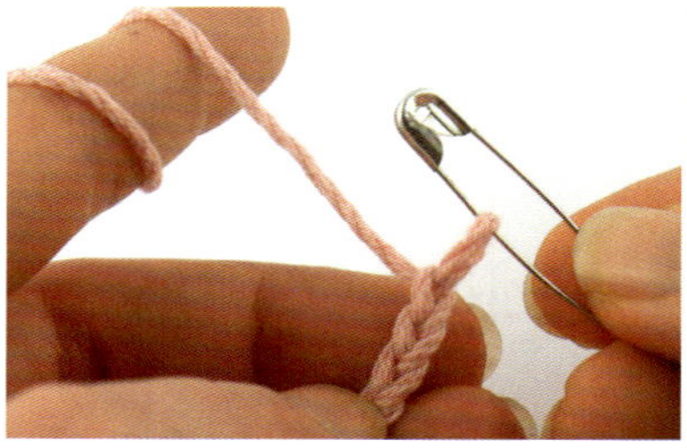

mit einer Sicherheitsnadel.

6 Lege deine Luftmaschenkette probeweise um den Kreis. Wenn sie noch nicht lang genug ist, nimmst du die Sicherheitsnadel heraus und häkelst noch einige Maschen dazu. Hast du zu viel gehäkelt, ziehe einige Maschen vorsichtig wieder auf.

7 Schneide den Faden 15 cm von der Häkelnadel entfernt ab und ziehe die letzte Schlinge lang, bis das Fadenende durchrutscht. Mache an diese Stelle noch einen Knoten.

8 Häkle für den inneren Kreis wie in Schritt 2 bis 6 beschrieben eine Luftmaschenkette in Lagune.

9 Häkle nun die kurze Zierkette unten aus etwa 20 Luftmaschen. Die in Wellen gelegte Zierkette oben besteht aus etwa 40 Luftmaschen.

10 Nun häkelst du die Luftmaschenketten für den Schriftzug. Je nachdem, wie lang dein Name ist, musst du die Länge der Kette und auch eventuell die Größe des Pappkreises anpassen. Die Kette für den Namen „Lena" besteht etwa aus 200 Luftmaschen. Ist dein Name länger, häkelst du mehr Maschen und probierst immer mal wieder aus.

11 Klebe alle Luftmaschenketten und Perlen mit Klebstoff auf den Pappkreis.

MIT

Alles im Griff

Praktische Bänder für deinen Schlüsselbund

Was du schon können musst: Luftmaschen, feste Maschen, Sticken bzw. Nähen

Material

- Schachenmayr original Catania in Jade (Fb 00253), 50 g
- Rest Schachenmayr original Catania in Creme (Fb 00130)
- Rest Schachenmayr original Catania in Jaffa (Fb 00189)
- Schlüsselring in Silber, ø 25 mm
- Schlüsselbandhalter in Silber
- Häkelnadel Nr. 3
- Schere
- Stopfnadel
- Flachzange

1 Beginne mit einer Anfangsschlinge und schlage 6 Luftmaschen und 1 weitere Luftmasche in jadefarbener Wolle an.

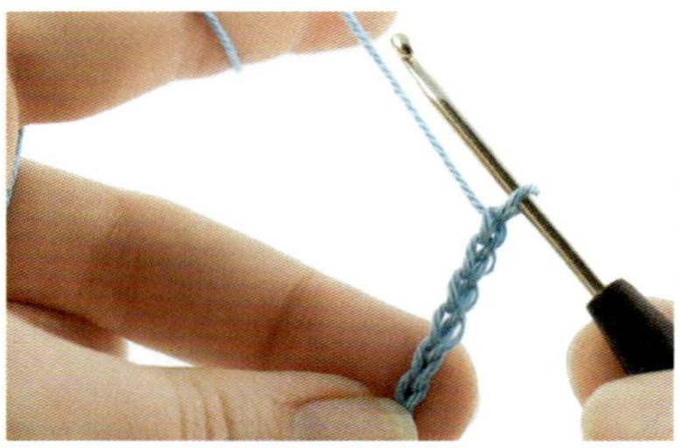

2 Häkle die Reihe zurück und arbeite dabei 6 feste Maschen in die Maschenbögen der Luftmaschen. Häkle zusätzlich 1 Wendeluftmasche und wende deine Arbeit.

3 Jetzt häkelst du wieder 6 feste Maschen in die Maschenbögen der Vorrunde und zusätzlich 1 Wendeluftmasche. Wende deine Arbeit.

4 Häkle 56 Reihen wie in Schritt 3 beschrieben.

5 Schneide den Faden 15 cm von der Häkelnadel ab und ziehe die Schlinge lang, bis der Faden durchrutscht. Vernähe Anfangs- und Endfaden.

6 Fädle einen etwa 50 cm langen Faden in Jaffa auf die Stopfnadel und sticke Querfäden als Verzierung auf. Vernähe die Fadenenden.

7 Knote an einer beliebigen Stelle des Bandes einen Faden in Creme an und häkle rund um dein Band immer 1 feste Masche und 1 Luftmasche. Dabei stichst du nur in jedes 2. Loch am Rand ein, um deine feste Masche zu häkeln. Das jeweils ausgelassene Loch wird durch die Luftmaschen, die du häkelst, überbrückt.

8 Wenn du dein Band eingesäumt hast, schneidest du den Faden 15 cm von der Häkelnadel entfernt ab und ziehst die letzte Schlinge lang. Vernähe den Faden.

9 Klappe dein hübsches Band mittig zusammen, sodass es deckungsgleich aufeinanderliegt. Schiebe die beiden Enden in den Schlüsselbandhalter und drücke ihn fest zu. Dazu kannst du eine Flachzange benutzen oder dir von einem Erwachsenen helfen lassen.

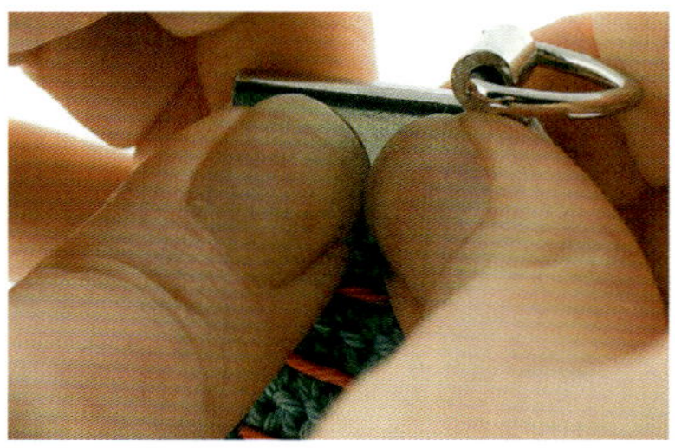

10 Zum Schluss befestigst du noch deinen Schlüsselring am Schlüsselbandhalter.

Monstermäßiges zum Frühstück

Invasion der Eierwärmer

Was du schon können musst: Luftmaschen, feste Maschen, Sticken bzw. Nähen

Material

Türkisfarbenes Monster

- Schachenmayr original Catania in Jade (Fb 0253), 50 g
- Rest Schachenmayr original Catania in Erdbeere (Fb 00258)
- Rest Schachenmayr original Catania in Marine (Fb 00124)
- Rest Schachenmayr original Catania in Creme (Fb 00130)
- 2 Perlen in Rosé, ø 0,8 cm
- Häkelnadel Nr. 3
- Schere
- Stopfnadel
- Klebstoff
- wasserfester Filzstift

Dunkelblaues Monster

- Schachenmayr original Catania in Marine (Fb 00124), 50 g
- Rest Schachenmayr original Catania in Anis (Fb 00245)
- Rest Schachenmayr original Catania in Jade (Fb 0253)
- Rest Schachenmayr original Catania in Creme (Fb 00130)
- 2 Perlen in Dunkellila, ø 0,8 cm
- Häkelnadel Nr. 3
- Schere
- Stopfnadel
- Klebstoff
- wasserfester Filzstift

1 Mache einen Magic Loop in Jade.

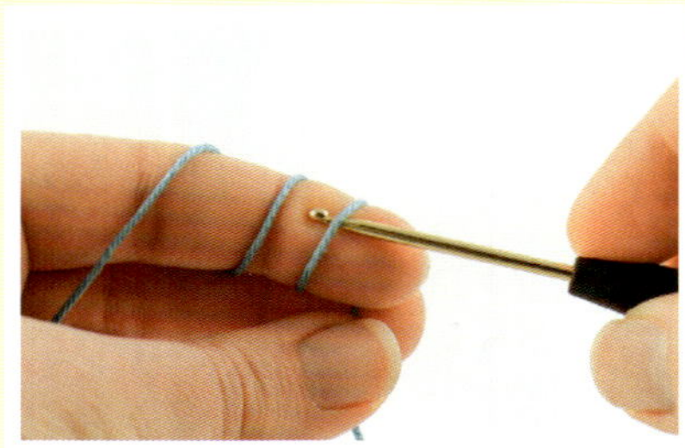

2 Runde 1: Häkle 10 feste Maschen in den Magic Loop. Ziehe dann an der Anfangsschlinge, bis sich der Magic Loop schließt und du einen kleinen flachen Kreis erhältst.

3 Runde 2: In jeden Maschenbogen der Vorrunde häkelst du 2 feste Maschen. Ziehe einen Faden in einer anderen Farbe mit der Häkelnadel durch den Rundenanfang, um zu markieren, wo der Kreis beginnt.

4 Runde 3: In jeden Maschenbogen der Vorrunde häkelst du 1 feste Masche.

5 Runde 4: In jeden Maschenbogen der Vorrunde häkelst du 1 feste Masche, in jeden 2. Maschenbogen allerdings 2 feste Maschen, du nimmst also jeweils 1 Masche zu.

6 Runde 5: Häkle in jeden Maschenbogen der Vorrunde eine feste Masche.

7 Runde 6: Häkle in jeden Maschenbogen der Vorrunde 1 feste Masche. In jedem 3. Maschenbogen nimmst du eine Masche zu.

8 Runde 7 bis 19: Häkle in jeden Maschenbogen der Vorrunde 1 feste Masche.

9 Runde 20: Knote eine neue Farbe an und häkle noch eine Runde feste Maschen.

10 Am Ende der Runde schneidest du den Faden etwa 15 cm von der Häkelnadel entfernt ab und ziehst die Schlinge lang, bis das Fadenende durchrutscht. Sichere das Fadenende, indem du den Faden vernähst.

11 Fädle einen 20 cm langen Faden an der Stelle des Eierwärmermonsters durch, an der du eine Antenne haben möchtest. Verknote den Faden etwa 10-mal, fädle die Perle auf und sichere sie wieder mit 2 Knoten. Arbeite auf diese Weise so viele Antennen, wie du möchtest, an dein Monster.

12 Für die Augen beginnst du mit einem Magic Loop in Creme und arbeitest 10 Stäbchen hinein. Ziehe am Faden, bis sich dein Magic Loop schließt.

13 Schneide den Faden 15 cm von der Häkelnadel entfernt ab und ziehe die letzte Schlinge lang, bis das Fadenende durchrutscht. Vernähe den Faden anschließend mit der Stopfnadel.

Tipp

Häkle für jeden in deiner Familie ein individuelles Monster in der jeweiligen Lieblingsfarbe. Das wird eine tolle Überraschung zum gemeinsamen Frühstück!

14 Die Augen arbeitest du 2-mal und klebst sie dann mit Klebstoff auf. Male die Pupillen mit einem wasserfesten Stift auf.

15 Schlage für den Mund 12 Luftmaschen in Marine an und mache am Ende, dicht an der letzten Masche einen Knoten. Schneide Anfangs- und Endfaden kurz und klebe den Mund auf.

Material

Rotes Monster

- Schachenmayr original Catania in Erdbeere (Fb 00258), 50 g
- Rest Schachenmayr original Catania in Jade (Fb 0253)
- Rest Schachenmayr original Catania in Anis (Fb 00245)
- Rest Schachenmayr original Catania in Creme (Fb 00130)
- 2 Perlen in Weiß, ø 0,8 cm
- Häkelnadel Nr. 3
- Schere
- Stopfnadel
- Klebstoff
- wasserfester Filzstift

Grünes Monster

- Schachenmayr original Catania in Anis (Fb 00245), 50 g
- Rest Schachenmayr original Catania in Marine (Fb 00124)
- Rest Schachenmayr original Catania in Erdbeere (Fb 00258)
- Rest Schachenmayr original Catania in Creme (Fb 00130)
- 2 Perlen in Türkis, ø 0,8 cm
- Häkelnadel Nr. 3
- Schere
- Stopfnadel
- Klebstoff
- wasserfester Filzstift

Kunterbunter Loopschal

Ganz leicht zu häkeln

Was du schon können musst: Luftmaschen, Stäbchen, Knöpfe aufnähen

1 Häkle mit dem jeansfarbenen Garn 100 Luftmaschen, knote einen Faden in Rosa an und häkle damit 3 Wendeluftmaschen.

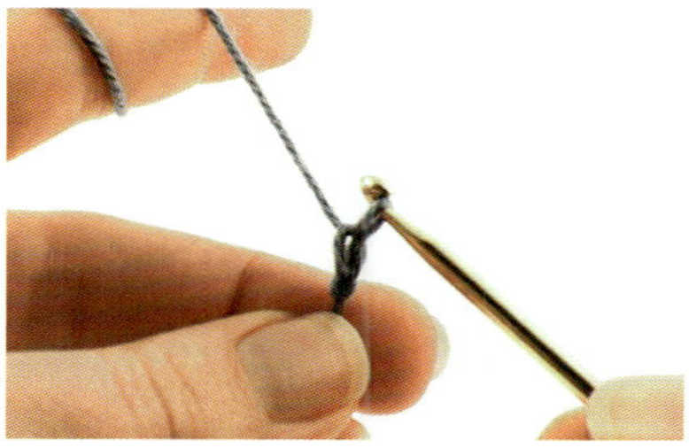

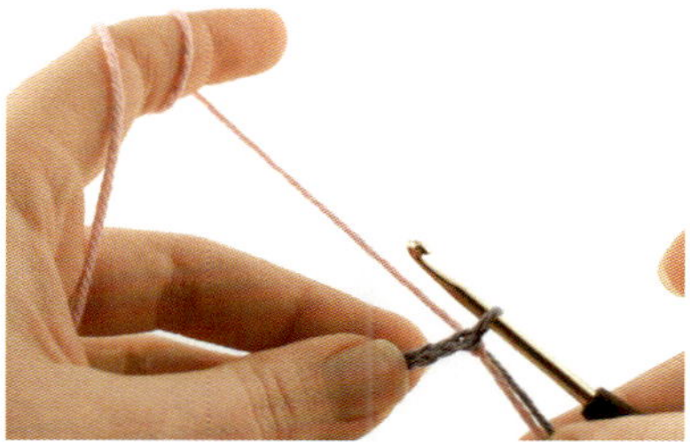

2 Häkle die Reihe in Rosa zurück, indem du in die 100. Luftmasche einstichst und 100 Stäbchen zurückhäkelst. Schneide den Faden 15 cm von der Häkelnadel entfernt ab. Knote einen Faden in Stroh an. Mache damit 3 Wendeluftmaschen und wende deine Arbeit.

3 In der nächsten Reihe arbeitest du wieder 100 Stäbchen. Knote anschließend schon die nächste Farbe an, häkle 3 Wendeluftmaschen und wende deine Arbeit.

4 Schritt 3 wiederholst du nun noch 15-mal. Dabei knotest du Reihe um Reihe eine neue Farbe an. Folgendermaßen verteilen sich die Farben über die Reihen: Deine aktuelle Reihe ist in Farbe D, dann folgen die Farben E, B, G, H, C, F, E, D, G, H, B, E, C, G, F.

5 Schneide die Fadenenden kurz und sichere sie, indem du sie alle vernähst.

Material

- Farbe A: Schachenmayr original Universa in Jeans (Fb 00152), 50 g
- Farbe B: Schachenmayr original Universa in Azalee (Fb 00138), 50 g
- Farbe C: Schachenmayr original Universa in Stroh (Fb 00121), 50 g
- Farbe D: Schachenmayr original Universa in Hellblau (Fb 00153), 50 g
- Farbe E: Schachenmayr original Universa in Kirsche (Fb 00032), 50 g
- Farbe F: Schachenmayr original Universa in Rosa (Fb 00134), 50 g
- Farbe G: Schachenmayr original Universa in Azurit (Fb 00167), 50 g
- Farbe H: Schachenmayr original Universa in Lavendel (Fb 00148), 50 g
- 2 Knöpfe in Rot, ø 1,5 cm
- 2 Sternknöpfe in Gelb, ø 1,5 cm
- 2 Knöpfe in Türkis, ø 1,5 cm
- Blumenknopf in Orange, ø 1,5 cm
- Häkelnadel Nr. 3,5
- Stopfnadel
- Nähnadel
- Nähgarn

6 Jetzt umhäkelst du das bunte Rechteck. Knote dazu an einer Ecke einen Faden in Jeans an und häkle an den langen Kanten immer 1 Stäbchen in jeden Maschenbogen der Reihe. An den kurzen Seiten stehen die Stäbchen senkrecht zu den Reihen; dort häkelst du immer 2 Stäbchen pro Farbe ein. An den Ecken häkelst du je 3 Stäbchen in ein seitliches Stäbchen, um gut um die Kurve zu kommen.

7 An der letzten Ecke häkelst du 3 Wendeluftmaschen und wendest deine Arbeit.

8 Arbeite an einer der kurzen Seiten deines Werks noch weitere Stäbchenreihen, die dann senkrecht zu den anderen stehen. Häkle dazu in jeden Maschenbogen der Vorrunde 1 Stäbchen und 3 Wendeluftmaschen und wende deine Arbeit.

9 Arbeite die nächsten 6 Reihen wie in Schritt 8 beschrieben. Am Ende schneidest du deinen Faden 15 cm von der Häkelnadel entfernt ab und ziehst die Schlinge lang, bis das Fadenende durchrutscht. Sichere den Faden, indem du ihn vernähst.

10 Jetzt legst du den Schal so zusammen, wie auf dem Bild gezeigt: Lege die kurzen Seiten übereinander und schlage den angehäkelten Teil in Jeans darüber. Jetzt befinden sich 3 Lagen aufeinander.

11 Fixiere die 3 Lagen mit einigen Stecknadeln und nähe die Knöpfe mit Garnresten auf. Achte darauf, dass du beim Annähen der Knöpfe die Nähnadel durch alle 3 Lagen hindurchstichst.

12 Die Fäden der Knöpfe sicherst du innen, indem du Anfangs- und Endfaden verknotest und die Fadenenden kurzschneidest.

Tipp

Du kannst den Loop natürlich auch in anderen Farben häkeln und mit anderen Knöpfen verzieren, die dir gefallen. Du kannst ihn auch breiter arbeiten, damit er voluminöser wird. Willst du dir passende Armstulpen dazu häkeln? Dann beginne in der Anfangsreihe einfach nur mit 35 Luftmaschen.

Für Krimskrams

Utensilo schafft Ordnung auf dem Tisch

Das musst du schon können: Luftmaschen, feste Maschen, Abnahmen

1 Beginne mit einer Anfangsschlinge in jeansfarbenem Garn und schlage 25 Luftmaschen und 1 Wendeluftmasche an.

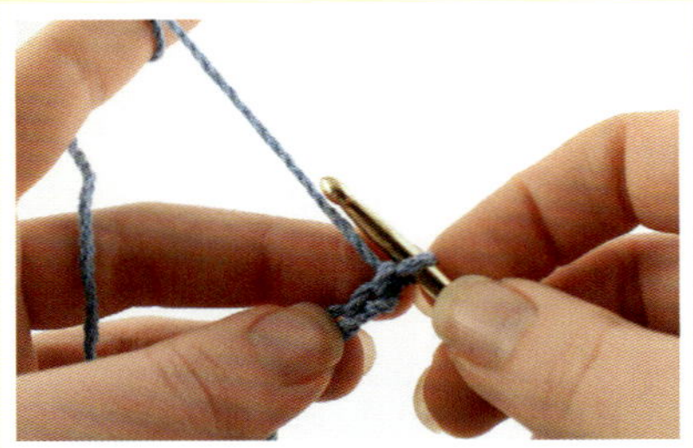

2 Arbeite die Reihe zurück, indem du 25 feste Maschen in die Maschenbögen der Luftmaschenkette und 1 Wendeluftmasche häkelst. Wende deine Arbeit.

3 Häkle in jeden Maschenbogen der vorhergehenden Reihe 1 feste Masche und 1 Wendeluftmasche am Ende. Wende deine Arbeit.

4 Reihe 4 bis 27 häkelst du wie in Schritt 3 beschrieben. Du erhältst ein Quadrat.

5 Jetzt umhäkelst du das Quadrat, indem du immer 1 feste Masche und 1 Luftmasche in jeden 2. Maschenbogen häkelst. An den Seitenkanten häkelst du nicht in Maschenbögen, sondern in die Wendeluftmaschen der Reihen.

6 Häkle in Runde 2 in jeden Maschenbogen der Vorrunde eine feste Masche. An den Ecken des Quadrats häkelst du immer 2 feste Maschen zusammen ab.

7 In Runde 3 bis 18 häkelst du jeweils feste Maschen in die Maschenbögen der Vorrunde. Am Ende knotest du einen Faden in Cyclam an.

Material

- Schachenmayr original Punto in Jeans (Fb 00054), 100 g
- Schachenmayr original Punto in Cyclam (Fb 00037), 50 g
- Labelschild „handmade“
- 2 Knöpfe in Dunkelblau, ø 2,3 cm
- 2 Knöpfe in Perlmutt, ø 2,5 cm
- 2 Knöpfe in Gelb, ø 2 cm
- 2 Knöpfe in hellblau, ø 1 cm
- Häkelnadel Nr. 4,5
- Schere
- Stopfnadel

8 Jetzt häkelst du weitere 9 Runden in festen Maschen. Wenn du das geschafft hast, schneidest du deinen Faden etwa 15 cm von der Häkelnadel entfernt ab und ziehst die Schlinge lang, bis das Fadenende durchrutscht. Sichere den Faden, indem du ihn vernähst. Ebenso vernähst du alle anderen Anfangs- und Endfäden.

9 Schlage die cyclamfarbenen Häkelreihen nach außen um. Suche dir die Mitte einer Seite und nähe das Labelschild auf.

10 Die anderen Knöpfe ordnest du in einer Reihe daneben an. Du kannst Sie ankleben oder mit einem Faden annähen und sichern. Fertig ist dein Utensilo.

TIPP

Möchtest du dein Utensilo etwas steifer haben? Dann kannst du es, bevor du die Knöpfe annähst, in Stoffversteifer (entsprechend der Herstellerangaben) tränken. Lass es anschließend gut trocknen.

Für Jungs und Mädchen

Einfache Mützen in trendigen Farben

Das musst du können: Magic Loop, Kettmaschen, Luftmaschen, feste Maschen, Zunahme

1 Beginne mit einem Magic Loop.

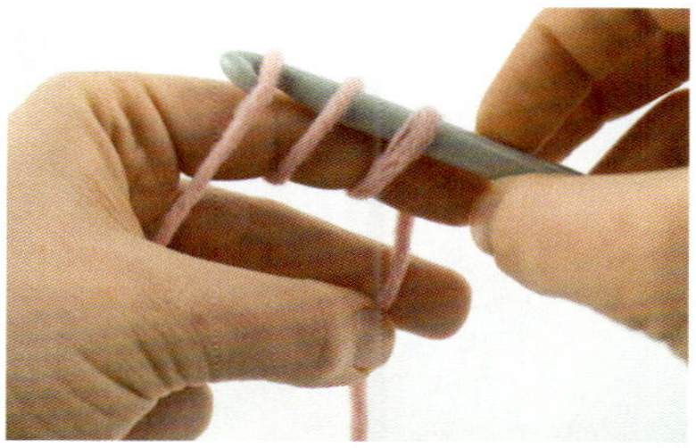

2 Häkle in deinen Magic Loop 10 feste Maschen.

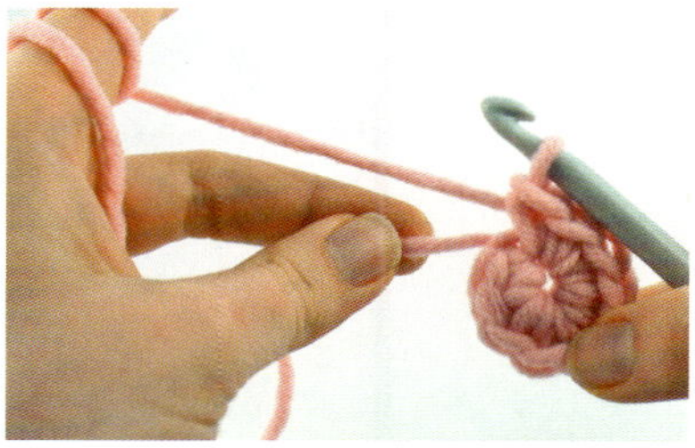

3 Runde 2: Häkle in jeden Maschenbogen der Vorrunde 2 feste Maschen.

4 Lege dir einen Faden in einer anderen Farbe an die Stelle, von der aus du weiterarbeitest. So weißt du immer, wo deine Runde anfängt.

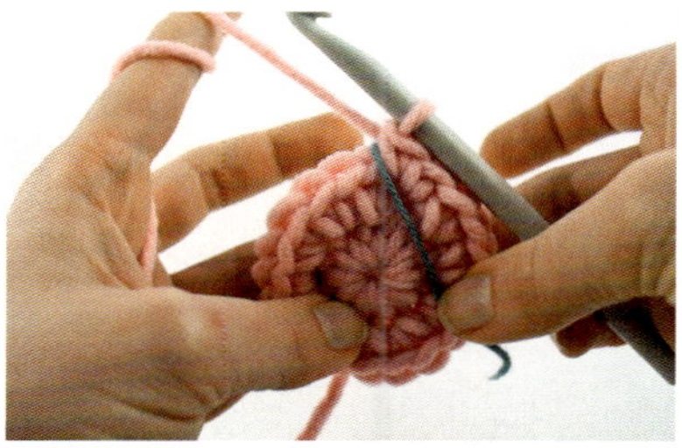

5 Runde 3: Häkle in jeden Maschenbogen der Vorrunde 1 feste Masche. In jedem 2. Maschenbogen nimmst du 1 feste Masche zu, das heißt, du häkelst 2 feste Maschen in ein und denselben Maschenbogen.

6 Runde 4: Häkle in jeden Maschenbogen der Vorrunde je 1 feste Masche.

7 Runde 5: Häkle in jeden Maschenbogen der Vorrunde 1 feste Masche. Bei jedem 3. Maschenbogen nimmst du 1 Masche zu.

8 Runde 6: Häkle in jeden Maschenbogen der Vorrunde je 1 feste Masche.

9 Runde 7: Häkle in jeden Maschenbogen der Vorrunde 1 feste Masche. Bei jedem 4. Maschenbogen, nimmst du 1 Masche zu.

Material

Rosafarbene Mütze

- Adriafil Charme classic in Rosa (Fb 085), 100 g
- Häkelnadel Nr. 8
- Nähnadel, extradick

Olivgrüne Mütze

- Adriafil Charme classic in Olivgrün (Fb 093), 100 g
- Häkelnadel Nr. 8
- Nähnadel, extradick

10 Runde 8–20: Häkle in jeden Maschenbogen der Vorrunde 1 feste Masche.

11 Für das Mützenschild häkelst du feste Maschen in die nächsten 20 Maschenbögen der Vorrunde und anschließend noch 1 Kettmasche in den nächstfolgenden Maschenbogen. Häkle 1 Wendeluftmasche und wende die Arbeit.

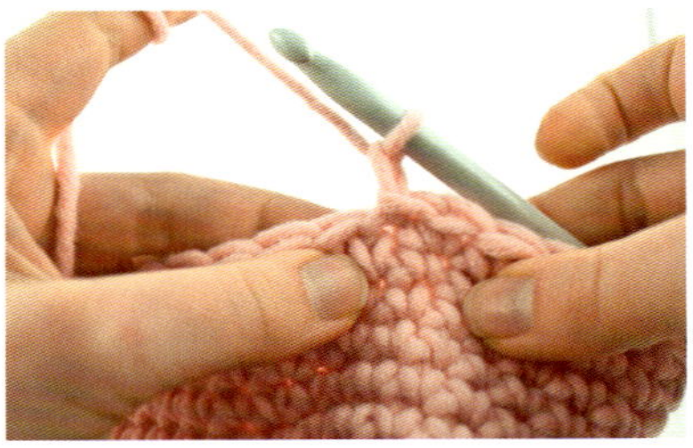

12 Häkle in jeden Maschenbogen der Vorrunde 1 feste Masche. In jedem 2. Maschenbogen, nimmst du 1 Masche zu, das heißt, du häkelst 2 Maschenbögen.

13 Am Ende der Reihe häkelst du noch 1 Kettmasche in den nächstfolgenden Maschenbogen und 1 Wendeluftmasche. Wende deine Arbeit.

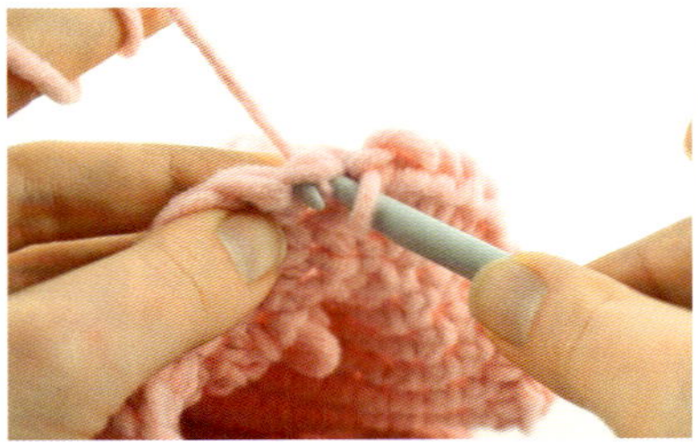

14 Häkle in jeden Maschenbogen der Vorrunde 1 feste Masche. Am Ende häkelst du noch eine letzte feste Masche in den Maschenbogen aus Runde 20, der jetzt am nächsten liegt. Dadurch bekommt dein Mützenschild einen schönen weichen Übergang. Schneide alle Fäden großzügig ab und sichere die Enden, indem du sie vernähst.

Tipp

Verziere deine coole Mütze z. B. mit Buttons oder fertige eine Bommel an, die du aufnähst.

Tricks und Kicks

Footbags machen gute Laune

Was du schon können musst: Magic Loop, feste Maschen, Zunahmen und Abnahmen, Häkeln in Runden

1 Beginne mit einem Magic Loop in Marine.

2 Runde 1: Häkle in den Magic Loop 6 feste Maschen. Ziehe am Anfangsfaden, damit sich dein Magic Loop schließt. Die 1. und die 6. feste Masche schließt du mit 1 Kettmasche.

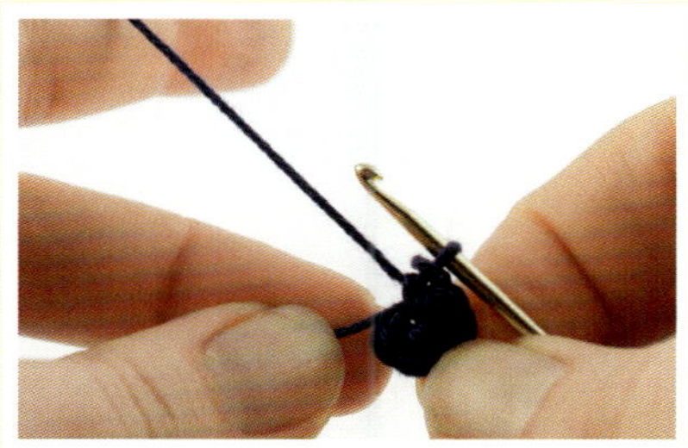

3 Runde 2: Als Nächstes häkelst du in jede feste Masche der Vorrunde 2 feste Maschen. Lege einen Faden in einer anderen Farbe in deine Arbeit, um den Anfang jeder Runde zu markieren.

4 Runde 3: Häkle abwechselnd 1 feste Masche in den Maschenbogen der Vorrunde und in den nächsten Maschenbogen 2 feste Maschen. Du nimmst also in jedem 2. Maschenbogen je 1 Masche zu. Arbeite so eine ganze Runde.

5 Runde 4: Häkle in jeden Maschenbogen der Vorrunde 1 feste Masche. In jedem 3. Maschenbogen nimmst du 1 Masche zu.

6 Runde 5: Häkle in jeden Maschenbogen der Vorrunde je 1 feste Masche, in jeden 4. Maschenbogen häkelst du 2 feste Maschen.

7 Runde 6: Häkle in jeden Maschenbogen der Vorrunde 1 feste Masche, in jedem 5. Maschenbogen nimmst du 1 Masche zu

8 Runde 7: Häkle in jeden Maschenbogen der Vorrunde 1 feste Masche, in jedem 6. Maschenbogen nimmst du 1 Masche zu.

9 Runde 8–18: Nun häkelst du in jeden Maschenbogen der Vorrunde je 1 feste Masche. Die Runden 10, 12, 13 und 15 häkelst du jeweils in Anis. Dazu knotest du am Rundenbeginn jeweils einen Faden in der entsprechenden Farbe an.

10 Runde 19: Häkle in jeden Maschenbogen der Vorrunde 1 feste Masche, die 6. und 7. Masche häkelst du jeweils zusammen ab (Abnahme).

11 Runde 20: Häkle in jeden Maschenbogen der Vorrunde 1 feste Masche, die 5. und 6. Masche häkelst du jeweils zusammen ab.

TIPP

Bei Footbags musst du sehr fest häkeln, damit keine Lücken entstehen und später die Kirschkernfüllung nicht herausfällt.

Material

Blauer Footbag

- Schachenmayr original Catania in Marine (Fb 00124), 50 g
- Rest Schachenmayr original Catania in Anis (Fb 00245)
- Kirschkerne, 30 g
- Häkelnadel Nr. 2,5
- Schere
- Stopfnadel

Roter Footbag

- Schachenmayr original Catania in Erdbeere (Fb 00258), 50 g
- Rest Schachenmayr original Catania in Jade (Fb 00253)
- Kirschkerne, 30 g
- Häkelnadel Nr. 2,5
- Schere
- Stopfnadel

Türkisfarbener Footbag

- Schachenmayr original Catania in Jade (Fb 00253), 50 g
- Rest Schachenmayr original Catania in Marine (Fb 00124)
- Kirschkerne, 30 g
- Häkelnadel Nr. 2,5
- Schere
- Stopfnadel

12 Runde 21: Häkle in jeden Maschenbogen der Vorrunde 1 feste Masche, die 4. und 5. Masche häkelst du jeweils zusammen ab.

13 Runde 22: Häkle in jeden Maschenbogen der Vorrunde 1 feste Masche, die 3. und 4. Masche häkelst du jeweils zusammen ab.

14 Runde 23: Häkle in jeden Maschenbogen der Vorrunde 1 feste Masche, die 2. und 3. Masche häkelst du jeweils zusammen ab.

15 Runde 24: Arbeite in jeden Maschenbogen der Vorrunde je 1 feste Masche und häkle sie mit der danebenliegenden zusammen ab (1. und 2. zusammen abhäkeln).

16 Schneide den Faden ca. 20 cm von der Häkelnadel entfernt ab. Ziehe die Schlinge lang, bis das Fadenende durchrutscht.

17 Du kannst deinen Footbag jetzt mit Kirschkernen, Linsen oder Reis füllen. Wenn du den Footbag waschen möchtest, sind Kirschkerne oder eine Polysterolfüllung am besten.

18 Den Endfaden fädelst du nun mithilfe der Häkelnadel durch alle verbleibenden Maschenbögen deiner letzten Runde. Wenn du jetzt den Faden straff ziehst, schließt sich dein Footbag. Vernähe den Faden.

Tipp

Je nach Füllung und Füllmenge haben deine Footbags ein unterschiedliches Gewicht und spielen sich auch anders. Fertige dir gleich drei dieser Footbags und benutze sie zum Jonglieren. Auch dafür sind sie bestens geeignet.

Tipp

Im Winter ist der mit Kirschkernen gefüllte Footbag ein prima Handwärmer! Lege ihn bei 600 Watt für eine Minute in die Mikrowelle und stecke ihn dir anschließend in die Jackentasche.

WILD
CHILD

Spiralen fürs Haar

Haargummis im Schneckenmuster

Was du schon können musst: Luftmaschen, Kettmaschen, feste Maschen, Zunehmen bzw. Häkeln in Spiralrunden, Überwendlingsstich, Schlingen sticken

1 Schlage 4 Luftmaschen in orangefarbenem Garn an und verbinde die 1. und die letzte Luftmasche mit einer Kettmasche.

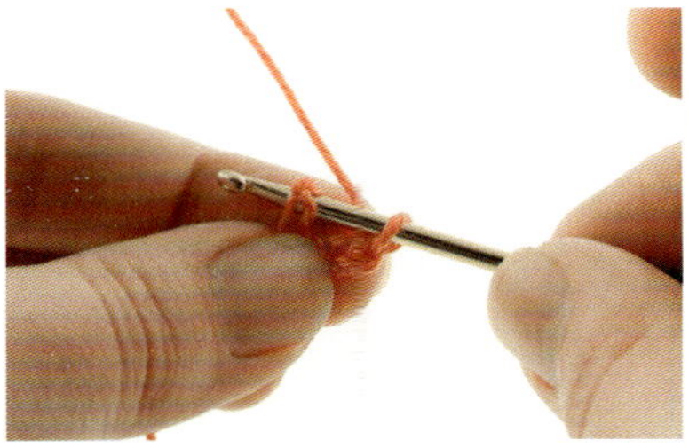

2 Runde 1: Häkle in jeden Maschenbogen des Minikreises je 2 feste Maschen.

3 Runde 2: Lege einen Faden in einer anderen Farbe an den Rundenanfang, um ihn zu markieren. Jetzt häkelst du einfach weiter und machst in jeden Maschenbogen der Vorrunde je 1 feste Masche. In jedem 2. Maschenbogen nimmst du 1 Masche zu.

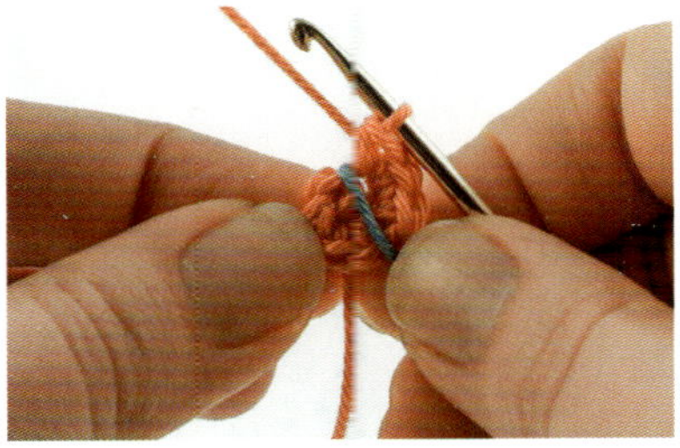

4 Runde 3: Häkle in jeden Maschenbogen der Vorrunde 1 feste Masche. In jedem 3. Maschenbogen nimmst du 1 Masche zu.

5 Runde 4: Häkle in jeden Maschenbogen der Vorrunde 1 feste Masche. In jedem 4. Maschenbogen nimmst du 1 Masche zu.

6 Runde 5: Häkle in jeden Maschenbogen der Vorrunde 1 feste Masche. In jedem 5. Maschenbogen nimmst du 1 Masche zu.

7 Schneide den Faden 20 cm von der Häkelnadel entfernt ab und ziehe die Schlinge lang, bis das Fadenende durchrutscht.

8 Fädle das orangefarbene Fadenende auf und umschlinge im Überwendlingsstich alle Maschenbögen deiner letzten Runde.

9 Lege den Knopf auf deinen Häkelkreis, halte ihn fest und ziehe behutsam am Faden. Die Ränder ziehen sich nun zusammen und umschließen den Knopf. Vielleicht musst du den Knopf etwas festhalten, damit er nicht verrutscht. Je nachdem, wie fest du deinen Häkelkreis um den Knopf spannst, straffen sich die Maschenrunden. Je fester du ziehst, desto weniger Maschen sind oben auf dem Knopf, die du später besticken kannst.

10 Wenn alles straff ist, sicherst du deinen Faden, indem du ihn vernähst.

Material

Haargummi in Orange und Violett

- Rest Schachenmayer original in Jaffa (Fb 00189)
- Rest Schachenmayer original in Hyazinth (Fb 00240)
- Knopf in Lila, ø 25 mm
- Gummifaden in Graublau, ø 1 mm, ca. 10 cm lang
- Häkelnadel Nr. 3
- Schere
- Stopfnadel

Haargummi in Rosa und Pink

- Rest Schachenmayer original in Soft Apricot (Fb 00263)
- Rest Schachenmayer original in Fresie (Fb 0251)
- Knopf in Lila, ø 25 mm
- Gummifaden in Graublau, ø 1 mm, ca. 10 cm lang
- Häkelnadel Nr. 3
- Schere
- Stopfnadel

Haargummi in Weiß und Orange

- Rest Schachenmayer original Catania in Weiß (Fb 00106)
- Rest Schachenmayer original Catania in Jaffa (Fb 00189)
- Knopf in Lila, ø 25 mm
- Gummifaden in Graublau, ø 1 mm, ca. 10 cm lang
- Häkelnadel Nr. 3
- Schere
- Stopfnadel

11 Fädle nun einen violetten Faden auf die Stopfnadel und suche dir einen Anfangspunkt am Rand. Dort stichst du die Nadel ein und bestickst deinen Knopf. Umschlinge die kleinen Stege zwischen den Maschenreihen mit dem Faden, wie auf dem Bild zu sehen.

12 Sichere den Faden am Ende, indem du ihn mit einigen Stichen vernähst.

13 Drehe den Knopf um und fädle den Gummifaden durch die Öse. Die Enden verknotest du. Drehe den Gummifaden so, dass der Knoten direkt an der Öse sitzt.

Material

Haargummi in Minze und Grün

- Rest Schachenmayer original in Jade (Fb 00253)
- Rest Schachenmayer original Catania in Agave (Fb 00244)
- Knopf in Lila, ø 25 mm
- Gummifaden in Graublau, ø 1 mm, ca. 10 cm lang
- Häkelnadel Nr. 3
- Schere
- Stopfnadel

Tipp

Du kannst auch zwei oder mehr Knöpfe auf den Gummifaden aufziehen. Oder du verwendest die Knöpfe wie richtige Knöpfe für Taschen und Jacken.

Halten nicht nur im Winter warm

Stulpen für die Beine oder über die Stiefel

Material

Türkisfarbene Stulpen

- Schachenmayr original Bravo Mezzo in Pool (Fb 00054), 100 g
- Satinband in Rosé, 2 cm breit, 2 x 90 cm lang
- Häkelnadel Nr. 5
- Schere
- Sicherheitsnadel
- Stopfnadel

Lila Stulpen

- Schachenmayr original Bravo Mezzo in Beere (Fb 00034), 100 g
- Satinband in Hellblau,, 2 cm breit, 2 x 90 cm lang
- Häkelnadel Nr. 5
- Schere
- Sicherheitsnadel
- Stopfnadel

Das musst du schon können:
Luftmaschen, feste Maschen, Knöpfe annähen

1 Beginne mit einer Anfangsschlinge und schlage 35 Luftmaschen an.

2 Lege die Luftmaschenkette zu einem Kreis. Achte darauf, dass die Kette nicht verdreht ist. Verbinde die 1. und die letzte Luftmasche mit einer Kettmasche.

3 Häkle 3 Luftmaschen und dann 1 Stäbchen in die Luftmasche links daneben.

4 Häkle in alle Luftmaschenbögen der Vorrunde 1 Stäbchen.

5 Verbinde dein letztes Stäbchen und deine Luftmaschenkette vom Anfang mit einer Kettmasche.

6 Häkle jetzt wieder 3 Luftmaschen und anschließend wieder eine Runde Stäbchen in jeden Maschenbogen der Vorrunde. Dein letztes Stäbchen und deine kleine Luftmaschenkette verbindest du wieder mit einer Kettmasche.

7 Runde 3 bis 19 arbeitest du wie in Schritt 6 beschrieben.

8 Nun hast du die letzte Schlinge auf der Nadel und kannst den Faden etwa 15 cm von der Häkelnadel entfernt abschneiden. Ziehe die Schlinge lang, bis das Fadenende durchrutscht. Sichere das Fadenende, indem du es mit einer Nadel vernähst. Ebenso vernähst du den Anfangsfaden.

9 Arbeite die 2. Stulpe wie in Schritt 1 bis 8 beschrieben.

10 Knicke das Satinband mittig und stich am Ende die Sicherheitsnadel als Einfädelhilfe ein. Nimm eine Stulpe zur Hand und gehe zu der 2. Reihe Stäbchen vom oberen Rand aus betrachtet. Dort, wo später die Schleife sitzen soll, fädelst du die Sicherheitsnadel mit dem Satinband zwischen den Stäbchen durch. Führe die Nadel abwechselnd mal unter und mal über 2 Stäbchen, bis du einmal herum bist. Bandanfang und Bandende sollten am Ende nach außen zeigen. Falls es nicht aufgeht, überspringe einfach 2 Stäbchen.

11 Probiere nun die Stulpen an und straffe das Satinband, sodass sie dir gut passen. Binde eine Schleife.

12 Schneide die Schleifenenden schräg ab. Wenn die Bandenden aufdröseln, kannst du sie mit etwas Klebstoff bestreichen so bleiben sie schön ordentlich und glatt.

Tipp

Du kannst dir auch ein Band aus Wolle flechten oder häkeln und es durch die Stäbchen fädeln. Wer will, verziert das Band am Ende mit Pompons.

Für Häkel-Erfahrene

Möchtest du deine Jeans oder deine T-Shirts etwas aufpeppen? Kein Problem! Mit coolen Sternen und anderen gehäkelten Motiven machst du dir unverwechselbare Einzelteile. Wie wäre es außerdem mit ein paar Bärten und Augenklappen für die nächste Räuberparty oder schöne Haarreifen für wilde Mähnen?

In diesem Kapitel lernst du etwas kompliziertere Formen zu häkeln und Häkelmodelle aus mehreren Einzelteilen zu arbeiten, die du dann zusammennähst.

Garantiert nicht giftig!

Kuschelige Ringelnatter

Das musst du schon können: Magic Loop, Luftmaschen, feste Maschen, Häkeln in Runden bzw. Zunahmen und Abnahmen

1 Beginne mit einem Magic Loop in Erdbeere.

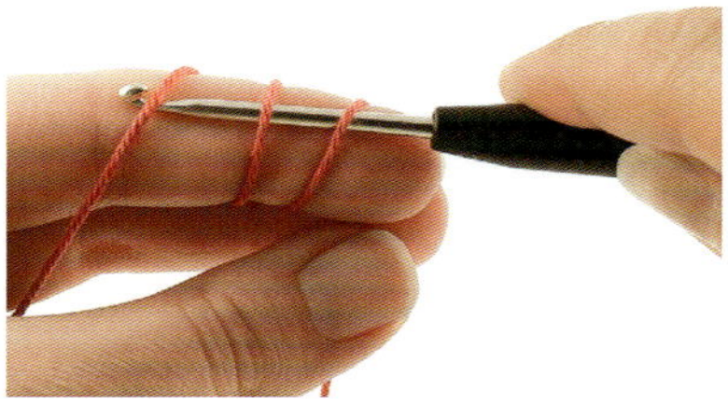

2 Runde 1: Häkle 10 feste Maschen in den Magic Loop und ziehe vorsichtig am Anfangsfaden, damit sich der Magic Loop schließt.

3 Runde 2: Häkle in jede feste Masche aus der 1. Runde 2 feste Maschen. Lege am Ende der Runde einen Faden in einer anderen Farbe ein, um deinen Rundenbeginn zu markieren.

4 Runde 3: Häkle in jeden Maschenbogen der Vorrunde 1 feste Masche.

5 Runde 4: Häkle in jeden Maschenbogen der Vorrunde 1 feste Masche. Bei jedem 2. Maschenbogen nimmst du 1 feste Masche zu.

6 Runde 5: Häkle in jeden Maschenbogen der Vorrunde 1 feste Masche.

7 Runde 6: Häkle 1 Runde feste Maschen und nimm dabei bei jedem 3. Maschenbogen der Vorrunde 1 feste Masche zu.

8 Runde 7: Häkle 1 Runde feste Maschen.

9 Runde 8: Häkle feste Maschen in jeden Maschenbogen der Vorrunde und nimm in jedem 4. Maschenbogen 1 feste Masche zu.

10 Runde 9: Häkle feste Maschen in jeden Maschenbogen der Vorrunde.

11 Runde 10: Häkle feste Maschen in die Maschenbögen der Vorrunde und nimm bei jedem 5. Maschenbogen eine feste Masche zu.

12 Runde 11–23: Häkle 13 Runden feste Maschen in die Maschenbögen der Vorrunde. Lege gegebenenfalls erneut einen Faden in einer anderen Farbe ein, um den Rundenbeginn zu kennzeichnen.

13 Runde 24–26: Knote einen Faden in Anis an und häkle 3 Runden feste Maschen in die Maschenbögen der Vorrunde.

Material

- Schachenmayr original Catania in Rosa (Fb 00246), 50 g
- Schachenmayr original Catania in Anis (Fb 00245), 50 g
- Schachenmayr original Catania in Jeans (Fb 00124), 50 g
- Schachenmayr original Catania in Marine (Fb 00154), 50 g
- Schachenmayr original Catania in (Erdbeere (Fb 00258), 150 g
- 250 g Füllwatte
- 2 Tieraugenknöpfe, ø 8 mm
- Schere
- Stopfnadel
- Nähnadel
- Nähgarn
- Häkelnadel Nr. 3

14 Runde 27–29: Knote jetzt einen Faden in Jeans an und häkle auch damit 3 Runden feste Maschen.

15 Runde 30–31: Jetzt knotest du einen Faden in Rosa an und häkelst ebenfalls 3 Runden feste Maschen.

16 Runde 32–34: Nun ist der Faden in Marine dran. Knote ihn an und häkle auch damit 3 Runden feste Maschen.

17 Runde 35–37: Knote den Faden in Traube an häkle 3 Runden feste Maschen.

18 Runde 38–40: Knote einen Faden in Erdbeere an und häkle wieder 3 Runden feste Maschen.

19 Wiederhole Schritt 13–18 7-mal. Jetzt hast du 126 Runden in Ringeln gehäkelt.

20 Für den Schlangenschwanz arbeitest du 1 weitere Runde feste Maschen in Erdbeere und häkelst dabei jede 5. und 6. Masche zusammen ab.

21 Häkle weitere 3 Runden feste Maschen in Erdbeere und lege dir am Rundenende wieder einen Faden in einer anderen Farbe ein, um den Rundenanfang zu markieren.

22 Häkle 1 Runde feste Maschen. Dabei häkelst du jede 4. und 5. Masche zusammen ab.

23 Häkle weitere 3 Runden feste Maschen in Erdbeere.

24 Häkle 1 Runde feste Maschen. Dabei häkelst du jede 3. und 4. Masche zusammen ab.

25 Bevor die Öffnung zu klein wird, füllst du nun deine Schlange mit Füllwatte (siehe Seite 13). Rolle die Schlange dabei etwas hin und her, damit sich die Watte gleichmäßig verteilt.

26 Häkle nun weitere 4 Runden feste Maschen in Erdbeere.

27 Häkle 1 weitere Runde feste Maschen. Dabei häkelst du jede 2. und 3. Masche zusammen ab.

28 Häkle 5 Runden feste Maschen in Erdbeere.

29 Häkle 1 weitere Runde feste Maschen. Dabei häkelst du immer 2 Maschen zusammen ab.

30 Häkle nun noch 3 Runden feste Maschen in Erdbeere.

31 Schneide deinen Faden 15 cm vom Knäuel entfernt ab und ziehe die Schlinge lang, bis das Fadenende durchrutscht. Mit dem Faden umschlingst du nun, mithilfe der Häkelnadel, jeden Maschenbogen deiner letzten Runde. Wenn du auf diese Weise eine Runde gearbeitet hast, ziehst du vorsichtig am Faden und deine Schlange schließt sich. Vernähe das Fadenende.

Tipp

Am saubersten gelingt dir der Übergang der Farben, wenn du den neuen Faden anknotest, noch in der alten Farbe die Schlinge durch den Maschenbogen ziehst und die zwei Schlingen, die dann auf deiner Häkelnadel liegen, mit dem Faden in der neuen Farbe abhäkelst.

Tipp

Deine Schlange lässt sich schwer im Kreis häkeln, weil sie immer länger wird? Wickle einfach den bereits gehäkelten Teil auf und halte ihn mit einem Gummi zusammen, während du daran arbeitest.

32 Für die Zunge häkelst du 13 Luftmaschen und 1 Wendeluftmasche in Anis. Stich in die 13. Luftmasche ein und häkle in jeden Luftmaschenbogen 1 feste Masche. Am Ende häkelst du 1 Wendeluftmasche und wendest deine Arbeit.

33 Jetzt häkelst du in 10 Maschenbögen der vorherigen Runde je 1 feste Masche und anschließend 4 Luftmaschen. Wende deine Arbeit und häkle ab der 3. Luftmasche feste Maschen in der ganzen Reihe zurück. Am Reihenende angekommen, sicherst du alle Fäden, indem du sie vernähst.

34 Nähe die Schlangenzunge und die Tieraugenknöpfe auf und fertig ist deine Ringelnatter.

Tipp

Statt einer Ringelnatter kannst du auch eine einfarbige Schlange häkeln, indem du nur eine Garnfarbe verwendest. Toll sieht es aus, wenn du dann auf die fertige Schlange ein Muster stickst, indem du einige Maschen mit einem andersfarbigen Garn umnähst. Möchtest du eine schlankere Schlange, arbeitest du einfach bei den Anfangsrunden weniger Zunahmerunden. Soll sie dicker sein, machst du am Anfang mehr Zunahmerunden. Eine dicke Natter ist ein tolles Nackenkissen!

Tipp

Eine schöne Idee wäre auch, nur eine halbe Schlange zu häkeln und sie als Handpuppe zu verwenden.

Bändigen wilde Mähnen

Haarreifen in frechen Farben

Das musst du können: Luftmaschen, Kettmaschen, feste Maschen, Stäbchen

1 Häkle 12 Luftmaschen und verschließe die 1. und die letzte Masche mit einer Kettmasche zu einem Ring. Achte dabei darauf, dass deine Luftmaschenkette nicht verdreht liegt.

2 Häkle feste Maschen in die Maschenbögen der Vorrunde, sodass ein Schlauch entsteht. Bei dem abgebildeten Haarreifen wurden 78 Runden gearbeitet.

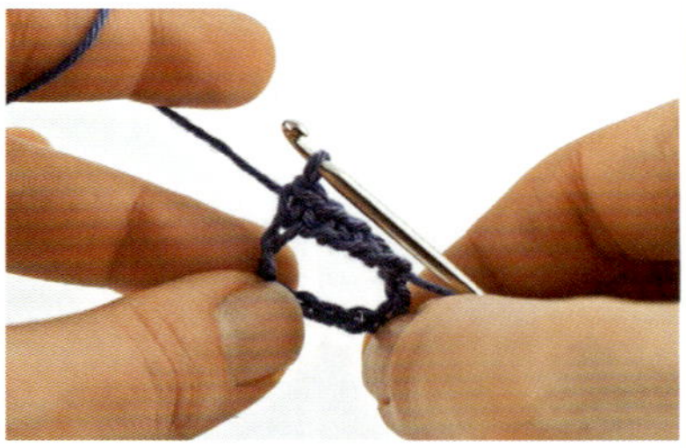

3 Kontrolliere zwischendurch, ob dein Schlauch schon lang genug ist, um den Haarreifen zu bedecken. Hat er die passende Länge, schiebst du den Haarreifen in den Schlauch.

4 Schneide den Faden 15 cm von der Häkelnadel entfernt ab. Die Enden verhäkelst du mit Überwendlingsstichen, indem du die Schlauchseiten aufeinanderlegst und den Faden jeweils durch die Maschenbögen von beiden Seiten ziehst. Vernähe die Fadenenden.

Material

Blau-weißer Haarreif

- Schachenmayer original Catania in Regatta (Fb 00261), 50 g
- Reste Schachenmayer original Catania in Weiß (Fb 00106) und in Signalrot (Fb 00115)
- Blütenknopf in Weiß
- Haarreifen, 1 cm breit
- Häkelnadel Nr. 3
- Textilkleber
- Klebstoff
- Stopfnadel
- Schere

Lila-orangefarbener Haarreif

- Schachenmayer original Catania in Traube (Fb 00258), 50 g
- Reste Schachenmayer original Catania in Mandarine (Fb 00209) und in Himbeere (Fb 00256)
- Haarreifen, 1 cm breit
- Häkelnadel Nr. 3
- Textilkleber
- Klebstoff
- Stopfnadel
- Schere

5 Für die Zierstreifen schlägst du 120 Luftmaschen in Weiß an und sicherst die Enden, indem du Anfangs- und Endfaden vernähst.

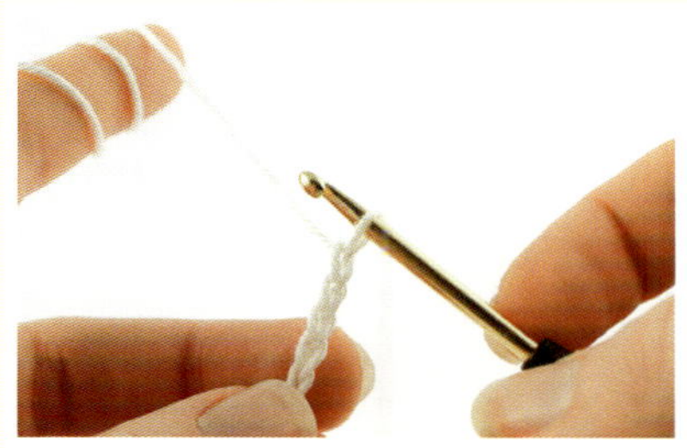

6 Schlage für die Blüte 6 Luftmaschen in Signalrot an und schließe sie zu einem Ring, indem du die 1. und die letzte Masche mit einer Kettmasche miteinander verhäkelst.

7 Arbeite in den nun entstandenen Ring 15 feste Maschen und verschließe auch hier die 1. und die letzte Masche mit einer Kettmasche.

8 Schlage 3 Luftmaschen an und arbeite anschließend 3 Stäbchen in den nächsten Maschenbogen.

9 Nun häkelst du wieder 3 Luftmaschen und schließt sie mit einer Kettmasche in dem nächsten Luftmaschenbogen. Ein Blütenblatt ist entstanden.

10 Mache 1 feste Masche in den nächsten Maschenbogen und wiederhole Schritt 8 und 9.

11 Wiederhole das Ganze noch 3-mal, bis du 5 Blütenblätter hast.

12 Schneide den Faden 10 cm von der Häkelnadel entfernt ab und sichere ihn, indem du ihn vernähst. Deine Blüte ist fertig.

13 Bringe etwas Textilkleber in einer Wellenlinie auf dem Haarreifen auf und klebe den Zierstreifen fest. Probiere vorher aus, ob die Länge der Luftmaschenkette passt, und ergänze ggf. Maschen oder ziehe sie wieder auf.

14 Die Blüte klebst du ebenfalls mit Textilkleber auf den Haarreifen. Wenn alles getrocknet ist, klebst du mit Klebstoff noch den Knopf auf.

Tipp

Wenn du noch keine Stäbchen kannst, dann klebe oder nähe statt der Blüte auch viele lustige Knöpfe in einer Reihe auf den Haarreifen.

Mütze mit Schleifchen

Steht jedem gut

Das musst du schon können: Magic Loop, Luftmaschen, Kettmaschen, feste Maschen, Stäbchen

Material

- Schachenmayr original Micro in Violet (Fb 00048), 100 g
- Rest Schachenmayr original Catania in Jade (Fb 00253)
- Blümchenknopf in Pink, ø 15 mm
- Häkelnadel Nr. 3,5
- Schere
- Stopfnadel

1 Beginne mit einer Luftmaschenkette aus 7 Luftmaschen und verbinde die 1. und die letzte Masche mit einer Kettmasche.

2 Häkle 3 Luftmaschen und anschließend 9 Stäbchen in den Luftmaschenkreis. Schließe die Runde mit einer Kettmasche durch die oberste Luftmasche der 3 Luftmaschen am Rundenanfang.

3 Runde 2: Häkle 3 Luftmaschen und 1 weitere Luftmasche. Arbeite in das nächste Stäbchen der Vorrunde je 1 Stäbchen und 1 Luftmasche und noch mal 1 Stäbchen und 1 Luftmasche.

4 Bis zum Rundenende häkelst du reihum in jedes 2. Stäbchen der Vorrunde je 2 Stäbchen und jeweils 1 Luftmasche nach jedem Stäbchen.

5 Wenn du die Runde geschafft hast, verbindest du deine letzte Luftmasche mit der Luftmaschenkette vom Anfang, indem du sie mit 1 Kettmasche zusammenhäkelst.

6 Runde 3: Nun häkelst du wieder eine Luftmaschenkette aus 3 Luftmaschen und einer 4. Luftmasche und anschließend 1 Stäbchen und 1 Luftmasche in den nächsten Luftmaschenbogen der Vorrunde. Häkle in jeden Luftmaschenbogen der Vorrunde je 2 Stäbchen und jeweils 1 Luftmasche nach jedem Stäbchen.

7 Am Rundenende wiederholst du Schritt 5.

8 Runde 4: Häkle wieder eine Luftmaschenkette aus 3 Luftmaschen und einer 4. Luftmasche und anschließend 1 Stäbchen und 1 Luftmasche in den nächsten Luftmaschenbogen der Vorrunde. Häkle in jedes Stäbchen der Vorrunde je 1 Stäbchen und 1 Luftmasche; in jeden 2. Luftmaschenbogen der Vorrunde häkelst du je 2 Stäbchen und 1 Luftmasche.

9 Am Rundenende wiederholst du Schritt 5.

10 Runde 5: Anschließend häkelst du wieder eine Luftmaschenkette aus 3 Luftmaschen und einer 4. Luftmasche und anschließend 1 Stäbchen und 1 Luftmasche in den nächsten Luftmaschenbogen der Vorrunde. Häkle in jeden Luftmaschenbogen der Vorrunde je 1 Stäbchen und 1 Luftmasche.

11 Am Rundenende wiederholst du Schritt 5.

12 Runde 6: Häkle wieder eine Luftmaschenkette aus 3 Luftmaschen und einer 4. Luftmasche und anschließend 1 Stäbchen und 1 Luftmasche in den nächsten Luftmaschenbogen der Vorrunde. Häkle in jeden Luftmaschenbogen der Vorrunde je 1 Stäbchen und 1 Luftmasche; in jeden 3. Luftmaschenbogen häkelst du je 2 Stäbchen und 1 Luftmasche.

13 Wiederhole am Rundenende Schritt 5.

14 Runde 7: Häkle eine Luftmaschenkette aus 3 Luftmaschen und einer 4. Luftmasche und anschließend 1 Stäbchen und 1 Luftmasche in den nächsten Luftmaschenbogen der Vorrunde. Häkle in jeden Luftmaschenbogen der Vorrunde je 1 Stäbchen und 1 Luftmasche und verbinde am Ende die Anfangsluftmaschenkette und deine letzte Luftmasche mit 1 Kettmasche.

15 Runde 8–16: Wiederhole Schritt 14 Runde für Runde.

16 Runde 17: Mache 1 Luftmasche und eine 2. Luftmasche und häkle 1 feste Masche und 1 Luftmasche in den nächsten Luftmaschenbogen der Vorrunde.

17 Runde 18: Häkle in jeden Luftmaschenbogen der Vorrunde je 1 feste Masche und 1 Luftmasche. Am Rundenende verbindest du die letzte und die 1. Luftmasche deiner Runde mit einer Kettmasche.

18 Runde 19–22: Diese Runden arbeitest du wie in Schritt 17 beschrieben. Am Ende schneidest du deinen Faden 15 cm von der Häkelnadel entfernt ab und ziehst die Schlinge lang, bis das Fadenende durchrutscht. Vernähe das Fadenende und den Anfangsfaden.

19 Für das Schleifchen schlägst du 14 Luftmaschen und 1 Luftmasche in Jade an.

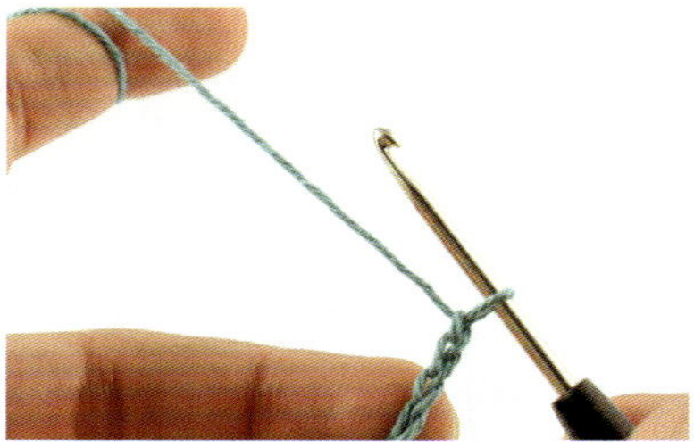

20 Arbeite anschließend die Reihe zurück, indem du in jeden Luftmaschenbogen der Vorrunde 1 feste Masche häkelst. Am Rundenende häkelst du 1 Wendeluftmasche und wendest deine Arbeit.

21 Häkle in jeden Maschenbogen der Vorrunde 1 feste Masche und 1 Wendeluftmasche und wende deine Arbeit.

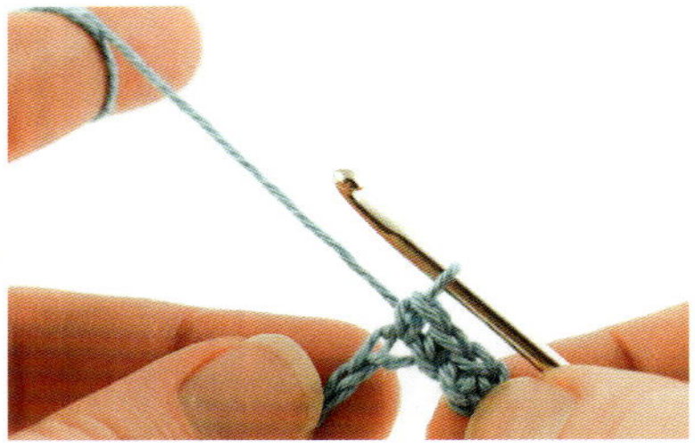

22 Schritt 21 wiederholst du 11-mal, bis ein kleines Rechteck entstanden ist. Vernähe Anfangs- und Endfaden.

23 Das kleine Rechteck faltest du wie eine Zieharmonika zusammen und wickelst einen Faden um die Mitte, den du straff ziehst und verknotest.

24 Nähe die kleine Schleife mit dem Knopf auf den Rand der Mütze auf.

25 Nähe die kleine Schleife mit dem Knopf auf den Rand der Mütze auf.

Tipp

Die Schleife kannst du auch auf eine Broschennadel wickeln und dann anstecken. Wie wäre es mit vielen kleinen Schleifchen- oder Blumenbroschen in allen Lieblingsfarben, die du je nach Lust und Laune austauschen kannst?

Schöne Untersetzer

aus Granny Squares

Was du schon können musst: Kettmaschen, Luftmaschen, Stäbchen

Material

- Schachenmayr original Catania Grande in Cyclam (Fb 03114), 50 g
- Schachenmayr original Catania Grande in Clematis (Fb 03282), 50 g
- Schachenmayr original Catania Grande in Apfel (Fb 03205), 50 g
- Häkelnadel Nr. 4
- Schere
- Stopfnadel
- Einfädler

1 Schlage 6 Luftmaschen in Clematis an und verbinde die 1. und die letzte mit einer Kettmasche.

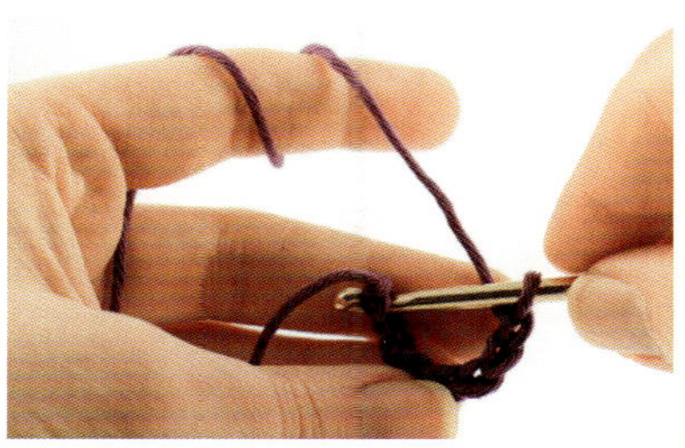

2 Runde 1: Häkle eine 3er-Luftmaschenkette und eine 4. Luftmasche. Anschließend häkelst du in jeden Maschenbogen der Vorrunde je 1 Stäbchen und 1 Luftmasche, bis du nach einer Runde insgesamt 12 Stege hast. Die letzte Luftmasche und die oberste Luftmasche deiner 3er-Luftmaschenkette verbindest du mit einer Kettmasche. Knote einen Faden in Apfel an und schneide den Faden in der alten Farbe etwa 10 cm von der Häkelnadel entfernt ab.

3 Runde 2: Häkle eine 3er-Luftmaschenkette und eine 4. Luftmasche. In den Luftmaschenbogen der Vorrunde häkelst du 2 Stäbchen und 1 Luftmasche. In den nächsten Luftmaschenbogen der Vorrunde häkelst du 3 Stäbchen und 1 Luftmasche. So verfährst du reihum weiter mit jedem Luftmaschenbogen der Vorrunde.

Verbinde die letzte Luftmasche und die oberste deiner 3er-Luftmaschenkette vom Rundenanfang mit einer Kettmasche. Knote einen Faden in Cyclam an und schneide den alten Faden 10 cm von der Häkelnadel entfernt ab.

4 Runde 3: Häkle wieder eine 3er-Luftmaschenkette und eine 4. und eine 5. Luftmasche. In den nächsten Luftmaschenbogen der Vorrunde häkelst du 2 Stäbchen und anschließend 2 Luftmaschen. In den nächsten Luftmaschenbogen der Vorrunde häkelst du 3 Stäbchen und 2 Luftmaschen. So verfährst du reihum weiter mit jedem Luftmaschenbogen der Vorrunde. Verbinde die letzte Luftmasche und die oberste deiner 3er-Luftmaschenkette vom Rundenanfang mit einer Kettmasche. Knote einen Faden in Clematis an und schneide den alten Faden 10 cm von der Häkelnadel entfernt ab.

5 Runde 4: Häkle 4 Luftmaschen und in den nächsten Luftmaschenbogen der Vorrunde 1 feste Masche. Dann häkelst du eine 4er-Luftmaschenkette und verbindest sie mit dem nächsten Luftmaschenbogen der Vorrunde, indem du 1 feste Masche in den Luftmaschenbogen häkelst.

So verfährst du reihum, bis du wieder am Anfang bist. Verbinde die 1. und die letzte Masche mit einer Kettmasche. Schneide den Faden 10 cm entfernt von der Häkelnadel ab und ziehe die Schlinge lang, bis das Fadenende durchrutscht.

6 Sichere jetzt alle Fadenenden, indem du sie vernähst.

7 Damit deine Untersetzer schön flach und gleichmäßig aufliegen, musst du sie nass spannen (siehe Seite 25).

Hübsche Blumengirlande

Garantiert pflegeleicht!

Material

- Schachenmayr original Catania in Khaki (Fb 00212), 50 g
- Schachenmayr original Catania in Rosa (Fb 00246), 50 g
- 22 Glasperlen in Grüntönen, ø 0,5 cm
- 10 Glasperlen in Rottönen, ø 0,5 cm
- Häkelnadel Nr. 3
- Schere
- Stopfnadel

Was du schon können musst: Luftmaschen, Kettmaschen, feste Maschen, halbe Stäbchen, Stäbchen, Doppelstäbchen, Nähen

1 Beginne mit einem Magic Loop in Rosa.

2 Häkle 3 Luftmaschen und anschließend 2 Stäbchen durch die Mitte deines Magic Loops.

3 Häkle 3 Luftmaschen und sichere sie mit 1 Kettmasche durch den Magic Loop. Dein erstes Blütenblatt ist fertig.

4 Wiederhole Schritt 2 und 3 und häkle auf diese Weise 4 weitere Blütenblätter.

5 Nach der letzten Kettmasche schneidest du den Faden 10 cm von der Häkelnadel entfernt ab und ziehst die Schlinge lang, bis der Faden durchrutscht. Ziehe vorsichtig am Anfangsfaden, bis sich die Mitte schließt.

6 Häkle wie in Schritt 1–5 beschrieben weitere 9 Blümchen.

7 Für die Blätter machst du eine Anfangsschlinge in Khaki. Dann häkelst du 8 Luftmaschen und 1 weitere Luftmasche als Wendeluftmasche, wendest aber nicht.

8 Stich in die 8. Luftmasche ein und häkle 1 feste Masche. In die 7. und 6. Luftmasche häkelst du je 1 halbes Stäbchen. In die 5. und 4. Luftmasche machst du je 1 Stäbchen. In die 3. und 2. Luftmasche häkelst du je 1 Doppelstäbchen.

9 Jetzt bist du wieder an deiner 1. Luftmasche angekommen und häkelst in diese 5 Stäbchen. Um deine 1. Luftmasche hat sich ein Bogen gebildet und du bist auf der anderen Seite deiner Häkelarbeit angekommen. Dort geht es nun weiter.

10 Häkle in die nächsten 2 Maschenbögen 2 Doppelstäbchen.

In die darauf folgenden 2 Maschenbögen häkelst du je 1 Stäbchen und in die nächsten 2 Maschenbögen je 1 halbes Stäbchen. In den letzten Maschenbogen häkelst du 1 feste Masche. Jetzt bist du wieder am Beginn, also an der Spitze des Blatts angekommen.

11 Stich in die Spitze ein, hole den Faden und ziehe ihn noch einmal durch. Schneide den Faden etwa 10 cm von der Häkelnadel entfernt ab und ziehe die Schlinge lang, bis das Fadenende durchrutscht. Vernähe den Anfangs- und den Endfaden.

12 Häkle wie in Schritt 7–11 beschrieben weitere 21 Blätter.

13 Häkle mit einem Faden in Khaki eine Luftmaschenkette aus etwa 220 Luftmaschen und 1 Wendeluftmasche.

14 Häkle die ganze Reihe zurück, indem du in jede Luftmasche einstichst und jeweils 1 feste Masche häkelst. Vernähe Anfangs- und Endfaden.

15 Spanne alle Teile nass, damit sie gleichmäßig und flach werden (siehe Seite 25).

16 Jetzt nähst du die Blätter und die Blüten auf der gehäkelten Kette fest. Stich dazu jeweils mit einem Faden in der passenden Farbe durch die Kette, durch Blume oder Blatt und durch eine Perle in der passenden Farbe und wieder zurück durch Blatt oder Blume und die Kette. Wiederhole diesen Schritt und verknote die Fadenenden. Verteile immer 2 Blätter (1 nach links, 1 nach rechts) und 1 Blüte auf einer Strecke von etwa 20 Maschen der Kette. Beginne etwa 10 cm vom Anfang entfernt mit zwei Blättern.

Tipp

Die Blumenkette ist eine super Dekoration für Bilder- oder Türrahmen. Wer es romantisch mag, kann sie sich auch ins Haar einflechten.

Tipp

Je 2 Blätter und eine Blumenblüte kannst du auch zusammennähen und auf eine Haarspange kleben und schon hast du einen blumigen Haarclip. Mithilfe von Ohrhaken kannst du dir aus den Blumen auch schicke Ohringe basteln.

Piraten ahoi!

Wilde Seeräuberbärte und Augenklappen

Was du schon können musst: Luftmaschen, feste Maschen, halbe Stäbchen, Stäbchen, Doppelstäbchen, Abnahmen

Seeräuberbärte

Die Angaben in Klammern beziehen sich auf den rostfarbenen Bart, der sich mehr kringelt.

1 Knote eine Anfangsschlinge.

2 Reihe 1: Häkle 26 (30) Luftmaschen und eine Wendeluftmasche.

3 Reihe 2: Stich in die 26. (30.) Luftmasche ein und häkle 1 feste Masche. Häkle 2 weitere feste Maschen in die nächsten 2 Luftmaschenbögen.

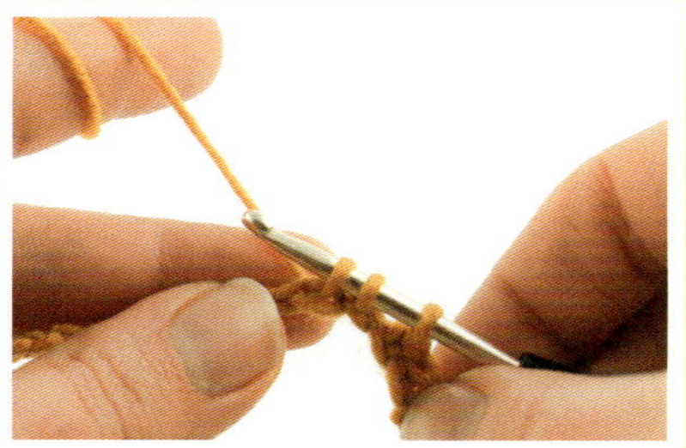

4 In die nächsten 2 (5) Luftmaschenbögen kommen ebenfalls 2 (5) feste Maschen. Die letzten beiden häkelst du jedoch zusammen ab. Du hast nun insgesamt 5 (8) feste Maschen gehäkelt. Die letzten beiden sind allerdings zusammen abgehäkelt.

5 Häkle in die nächsten 2 Luftmaschenbögen je 1 halbes Stäbchen. In die darauf folgenden 2 Luftmaschenbögen häkelst du je 1 Stäbchen. In die nächsten 3 Bögen häkelst du je 1 Doppelstäbchen.

6 Nun häkelst du eine kleine Kette aus 3 Luftmaschen, die du im darauf folgenden Luftmaschenbogen der Vorrunde mit 1 Kettmasche schließt.

7 In den nächsten, also den 13. Maschenbogen häkelst du 1 feste Masche. Sie ist deine Bartmitte.

Material

Seeräuberbärte

- Rest ONline Timona in Senf (Fb 46)
- Rest ONline Timona in Rost (Fb 52)
- Häkelnadel Nr. 3,5
- Schere
- Stopfnadel
- Stecknadeln mit Kopf
- Unterlage zum Spannen

8 Ausgehend von der festen Masche häkelst du nun den 2. Teil des Bartes. Häkle dazu zunächst 3 Luftmaschen.

9 Häkle in die 3 folgenden Luftmaschenbögen der Vorrunde je 1 Doppelstäbchen. In die nächsten beiden Maschenbögen häkelst du je 1 Stäbchen. In die beiden Luftmaschenbögen danach häkelst du je 1 halbes Stäbchen.

10 In die letzten Luftmaschenbögen häkelst du jeweils feste Maschen. Häkle dabei die ersten 2 festen Maschen zusammen ab und die restlichen 3 (6) festen Maschen ganz normal.

11 Schneide den Faden 10 cm von der Häkelnadel entfernt ab und ziehe die Schlinge lang, bis das Fadenende durchrutscht. Vernähe die Fadenenden.

12 Damit dein Bart schön glatt wird, musst du ihn nass spannen (siehe Seite 25).

Tipp

Deinen Bart kannst du als Deko auf Taschen, Postkarten oder deine Schuhe kleben, an eine Broschennadel nähen, oder du befestigst ihn mit doppelseitigem Klebeband an deiner Oberlippe.

Was du schon können musst: Luftmaschen, feste Maschen, Abnahmen

Augenklappen

1 Häkle eine Kette aus 112 Luftmaschen und einer Wendeluftmasche.

2 Stich in die 112. Luftmasche ein und häkle feste Maschen in die folgenden 63 Luftmaschenbögen.

3 Mache 1 Wendeluftmasche und wende deine Arbeit.

4 Häkle jetzt 15 feste Maschen in die nächsten 15 Maschenbögen der Vorrunde. Am Ende machst du 1 Wendeluftmasche und wendest deine Arbeit.

5 Schritt 4 wiederholst du 5-mal, sodass du 5 Reihen häkelst.

6 Wende deine Arbeit und häkle in der folgenden Reihe wieder in jeden Maschenbogen der Vorreihe feste Maschen. Am Anfang und am Ende der Reihe häkelst du jedoch jeweils 2 feste Maschen zusammen ab (Abnahmen). Am Ende der Reihe machst du 1 Wendeluftmasche und wendest deine Arbeit.

7 Wiederhole Schritt 6 so oft, bis aus der Vorreihe nur noch 3 Maschenbögen übrig sind.

8 Wende deine Arbeit ein letztes Mal und häkle feste Maschen in die Maschenbögen der Vorrunde und anschließend 1 Luftmasche.

9 Häkle nun immer 1 feste Masche und 1 Luftmasche in jeden 2. Maschenbogen. Arbeite dabei auch an der einen seitlichen Außenkante der Augenklappe weiter.

Material

Augenklappen

- ONline Timona in Dunkelrot (Fb 20), 50 g
- ONline Timona in Dunkelblau (Fb 37), 50 g
- Häkelnadel Nr. 3,5
- Schere
- Stopfnadel

10 Wenn du an der Stelle angekommen bist, wo deine 1. Luftmaschenkette anschließt, häkelst du ab da wieder je 1 feste Masche in die Maschenbögen der Luftmaschenkette, bis du am Ende der Reihe bist. Schneide den Faden ab und vernähe ihn.

11 Spanne die Augenklappe feucht, damit sie schön glatt wird (siehe Seite 25). Dann kannst du sie umbinden und wilde Räubereien anstellen!

Tipp

Du kannst deine Augenklappe auch wild verzieren, indem du Knöpfe, Luftmaschenketten oder gehäkelte Sterne aufklebst oder -nähst.

OLIVER

Gepimpte Klamotten

Verziere deine Kleidung mit gehäkelten Kleinigkeiten

Material

Sternenshirt

- T-Shirt in Marine in deiner Größe
- Schachenmayr original Catania in Jeans (Fb 00164), 50 g
- Schachenmayr original Catania in Weiß (Fb 00106), 50 g
- Schachenmayr original Catania in Signalrot (Fb 00115), 50 g
- Schachenmayr original Catania in Traube (Fb 00259), 50 g
- Vliesofix® (alternativ BSN Sulky®), A5
- Häkelnadel Nr. 3
- Stopfnadel
- Backpapier
- Stecknadeln mit Glaskopf
- Schere
- Bügeleisen
- Bügelbrett oder altes Handtuch

Was du schon können musst: Magic Loop, Kettmaschen, Luftmaschen, feste Maschen, halbe Stäbchen, Stäbchen, Doppelstäbchen

T-Shirt mit Sternen

Großer Stern

1 Beginne mit einem Magic Loop.

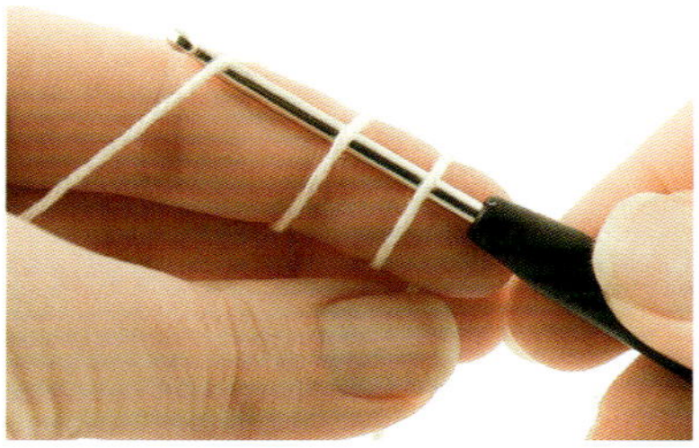

2 Häkle 3 Luftmaschen und anschließend 14 Stäbchen in den Magic Loop und verbinde deine letzte Masche und die oberste deiner Luftmaschenkette mit 1 Kettmasche. Ziehe am Anfangsfaden, damit sich dein Magic Loop schließt.

3 Häkle 5 Luftmaschen. In die 4. Luftmasche häkelst du 1 feste Masche.

4 In die 3. Luftmasche häkelst du 1 halbes Stäbchen. In die 2. Luftmasche häkelst du 1 Stäbchen. In die 1. Luftmasche häkelst du 1 Doppelstäbchen.

5 Die Schlinge, die nun auf deiner Häkelnadel liegt, verbindest du mit dem übernächsten Maschenbogen deiner 1. Maschenrunde, indem du eine Kettmasche häkelst.

6 Wiederhole Schritt 3–5 viermal. Schneide den Faden 10 cm von der Häkelnadel entfernt ab und ziehe die Schlinge lang, bis das Fadenende durchrutscht. Vernähe die Fadenenden.

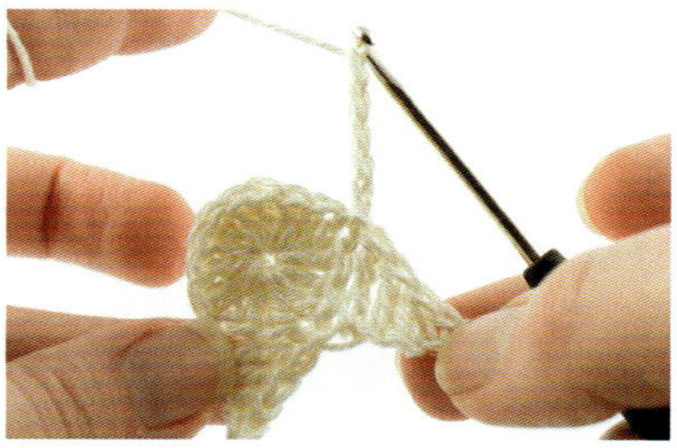

Mittlerer Stern

1 Beginne mit einem Magic Loop.

2 Häkle 3 Luftmaschen und anschließend 11 Stäbchen in den Magic Loop und verbinde die letzte Masche und die oberste deiner Luftmaschenkette mit 1 Kettmasche. Ziehe am Anfangsfaden, damit sich dein Magic Loop schließt.

3 Häkle 4 Luftmaschen. In die 3. Luftmasche häkelst du 1 feste Masche, in die 2. Luftmasche 1 halbes Stäbchen und in die 1. Luftmasche 1 Stäbchen.

4 Die Schlinge, die nun auf deiner Häkelnadel liegt, verbindest du mit dem übernächsten Maschenbogen deiner 1. Maschenrunde, indem du 1 Kettmasche häkelst.

5 Wiederhole Schritt 3–4 viermal. Schneide den Faden 10 cm von der Häkelnadel entfernt ab und ziehe die Schlinge lang, bis das Fadenende durchrutscht. Vernähe die Fadenenden.

Kleiner Stern

1 Beginne mit einem Magic Loop.

2 Häkle 3 Luftmaschen und anschließend 8 Stäbchen in den Magic Loop und verbinde deine letzte Masche und die oberste deiner Luftmaschenkette mit 1 Kettmasche. Ziehe am Anfangsfaden, damit sich dein Magic Loop schließt.

3 Häkle 3 Luftmaschen. In die 2. Luftmasche häkelst du 1 feste Masche, in die 1. Luftmasche 1 halbes Stäbchen.

4 Die Schlinge, die auf deiner Häkelnadel liegt, verbindest du mit dem übernächsten Maschenbogen deiner 1. Maschenrunde, indem du 1 Kettmasche häkelst.

5 Wiederhole Schritt 3–4 4-mal. Fertig ist dein Stern. Schneide den Faden 10 cm von der Häkelnadel entfernt ab und ziehe die Schlinge lang, bis das Fadenende durchrutscht. Die Fadenenden sicherst du, indem du sie vernähst.

Ausarbeitung Sternenshirt

1 Für dein Sternshirt fertigst du 2 Sterne in Weiß, einen in Rot, einen in Traube und einen in Jeans an und bügelst sie nach Herstelleranleitung mit Vliesofix auf das T-Shirt auf. Lass dir dabei von einem Erwachsenen helfen.

Material

Halstuch mit bunten Häkelkreisen

- dreieckiges Baumwollhalstuch in Pink
- Schachenmayr original Catania in Rosa (Fb 00246), 50 g
- Schachenmayr original Catania in Anis (Fb 00245), 50 g
- Schachenmayr original Catania in Aubergine (Fb 00239), 50 g
- Reste Schachenmayr original Catania in Fresie (Fb 00251), in Jeans (Fb 00164), in Cream (Fb 00130)
- Vliesofix® (alternativ BSN Sulky®), A5
- Häkelnadel Nr. 3
- Stopfnadel
- Backpapier
- Stecknadeln mit Glaskopf
- Schere
- Bügeleisen
- Bügelbrett oder altes Handtuch

Halstuch mit bunten Häkelkreisen

1 Beginne mit einem Magic Loop.

2 Häkle 3 Luftmaschen und anschließend 9 Stäbchen in den Magic Loop und verbinde deine letzte Masche und die oberste deiner Luftmaschenkette mit 1 Kettmasche. Ziehe am Anfangsfaden, damit sich dein Magic Loop schließt.

3 Schneide den Faden 10 cm von der Häkelnadel entfernt ab und ziehe die Schlinge lang, bis das Fadenende durchrutscht. Vernähe die Fadenenden.

4 Häkle auf diese Weise je 7 Kreise in Rosa, Anis und Aubergine und nähe sie mit einem überkreuzten Heftstich mit einem Garn in einer anderen Farbe an. Die Fäden verknotest du auf der Rückseite.

Das musst du schon können: Magic Loop, Luftmaschen, Kettmaschen, feste Maschen, Stäbchen, Zunahmen und Abnahmen bzw. Häkeln in Runden, Nähen

Eulenshirt

1 Beginne mit einem Magic Loop.

2 Häkle 3 Luftmaschen und anschließend 11 Stäbchen in den Magic Loop und verbinde deine letzte Masche und die oberste deiner Luftmaschenkette mit 1 Kettmasche. Ziehe am Anfangsfaden, damit sich dein Magic Loop schließt.

3 Häkle 3 Luftmaschen und anschließend in jeden Maschenbogen der Vorrunde 2 Stäbchen. Am Ende verbindest du die oberste deiner drei Luftmaschen vom Rundenanfang mit deiner Schlinge, indem du 1 Kettmasche häkelst.

4 Knote einen Faden in Fresie an und häkle 1 Runde feste Maschen. In jeden 2. Maschenbogen der Vorrunde häkelst du 2 feste Maschen.

5 Knote einen Faden in Traube an und häkle zuerst 3 Luftmaschen und anschließend die ganze Runde Stäbchen. Bei jedem 3. Maschenbogen der Vorrunde nimmst du 1 Stäbchen zu. Am Rundenende schließt du die Runde wieder mit 1 Kettmasche. Häkle danach noch 3 Wendeluftmaschen und wende deine Arbeit.

6 Häkle in die nächsten 15 Maschenbögen je 1 Stäbchen, wobei du die beiden ersten und die beiden letzten Stäbchen zusammen abhäkelst.

7 Häkle 3 Luftmaschen und wende deine Arbeit, um in der nächsten Reihe in jeden Maschenbogen der Vorreihe 1 Stäbchen zu häkeln. Wende deine Arbeit.

8 Häkle 3 Luftmaschen. Arbeite dann die Luftmaschenkette zurück, indem du in die 2. Luftmasche 1 feste Masche und die 1. Luftmasche 1 halbes Stäbchen häkelst. So ist ein kleines Dreieck entstanden.

9 Schließe das Dreieck im übernächsten Maschenbogen mit einer Kettmasche an.

10 Häkle 8 feste Maschen.

11 Wiederhole Schritt 8–9.

12 Schneide den Faden 10 cm von der Häkelnadel entfernt ab und ziehe die Schlinge lang, bis das Fadenende durchrutscht. Vernähe alle Fäden.

Material

Eulenshirt

- T-Shirt in Weiß in deiner Größe
- 50 g Schachenmayr original Catania in Anis (Fb 00245), 50 g
- 50 g Schachenmayr original Catania in Jade (Fb 00253), 50 g
- 50 g Schachenmayr original Catania in Himbeere (Fb 00256), 50 g
- 50 g Schachenmayr original Catania in Traube (Fb 00259), 50 g
- 50 g Schachenmayr original Catania in Cream (Fb 00130), 50 g
- Rest Schachenmayr original Catania in Mandarine (Fb 00209)
- Wäschemarkierstift in Schwarz
- Vliesofix® (alternativ BSN Sulky®), A5
- Häkelnadel Nr. 3
- Stopfnadel
- Backpapier
- Stecknadeln mit Glaskopf
- Schere
- Bügeleisen
- Bügelbrett oder altes Handtuch

13 Häkle nach der Anleitung für den Kreis (siehe Eulenbauch Seite 95) 2 Augen für die Eule in Weiß. Nähe sie fest und zeichne mit dem Wäschemarkierstift in Schwarz die Pupillen.

14 Gestalte mit einigen Stichen in Mandarine, die du immer wieder an dieselbe Stelle setzt, den Schnabel.

15 Häkle nach der Anleitung für den Kreis 8 Kreise in Jade.

16 Spanne die Eule nass (siehe Seite 25) und bügle sie nach Herstellerangaben mit Vliesofix auf das T-Shirt auf.

Für deine Zimmerwand

Schmetterlingssammlung

Was du schon können musst: Magic Loop, Kettmaschen, Luftmaschen, feste Maschen, halbe Stäbchen, Stäbchen, Doppelstäbchen

1 Beginne mit einer Anfangsschlinge in Rosa.

2 Häkle 4 Luftmaschen. In die 1. Luftmasche häkelst du 2 Stäbchen. Anschließend häkelst du 3 Luftmaschen. Stich wieder in die 1. Luftmasche und mache 1 Kettmasche.

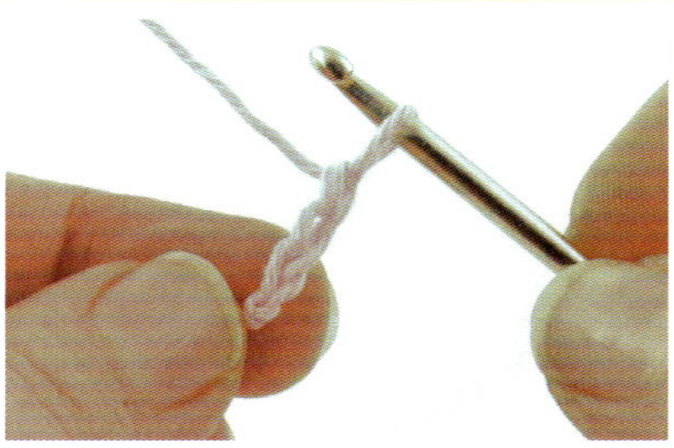

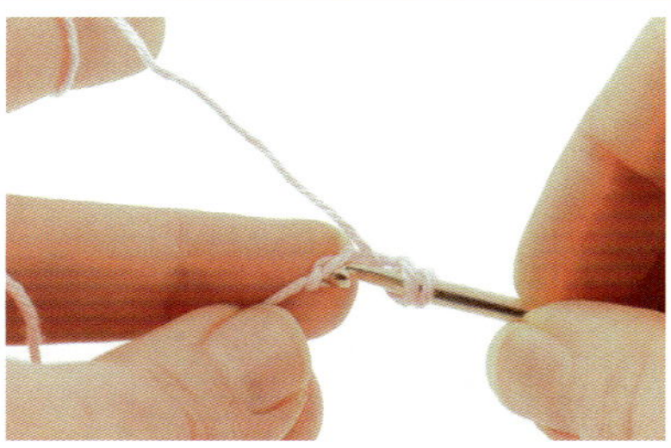

3 Deine 1. Luftmasche ist immer die Mitte, von der aus du arbeitest. Häkle von dieser Mitte ausgehend wieder 4 Luftmaschen. Ebenfalls in die Mitte häkelst du 3 Doppelstäbchen, dann 4 Luftmaschen, die du wieder zur Mitte führst und mit einer Kettmasche sicherst.

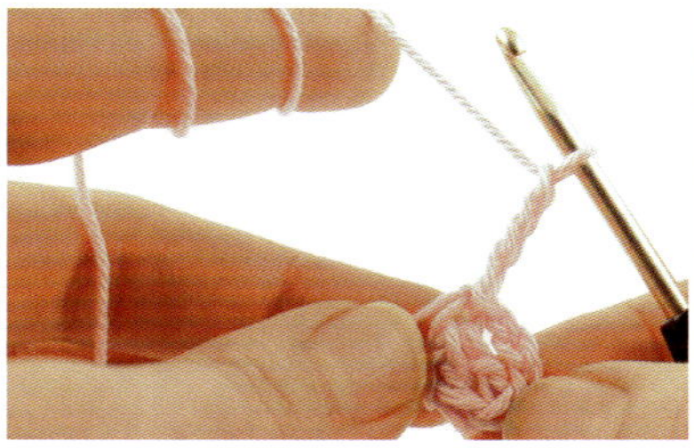

4 Häkle erneut 4 Luftmaschen und wieder 3 Doppelstäbchen in die Mitte. Dann häkelst du weitere 4 Luftmaschen, die du zur Mitte führst und dort wieder mit 1 Kettmasche sicherst.

Material

- Rest Schachenmayr original Catania in Azalée (Fb 00246)
- Rest Schachenmayr original Catania in Erdbeere (Fb 00258)
- Rest Schachenmayr original Catania in Kamelie (Fb 00252)
- Rest Schachenmayr original Catania in Cyclam (Fb 00114)
- Rest Schachenmayr original Catania in Traube (Fb 00259)
- 4 Glasperlen in Orange, ø 0,5 cm
- 2 Glasperlen in Rot, ø 0,5 cm
- 6 Glasperlen in Graulila, ø 0,5 cm
- 6 Glasperlen in Hellblau, ø 0,5 cm
- tiefer Bilderrahmen, 25 cm x 25 cm
- Wellpappe, A4
- 18 kleine Pinnnadeln
- Motivpapier in Grün mit weißen Punkten, A4
- Klebstoff
- Klebestift
- Häkelnadel Nr. 3
- Schere
- Stopfnadel
- Bleistift

5 Für den letzten Teil des Schmetterlingskörpers häkelst du eine Kette aus 3 Luftmaschen in die Mitte, wieder 2 Stäbchen in die Mitte und wieder eine Kette aus 3 Luftmaschen, die du mit 1 Kettmasche durch die Mitte sicherst.

6 Schneide den Faden 10 cm entfernt von der Häkelnadel ab und ziehe die Schlinge lang, bis das Fadenende durchrutscht. Vernähe die Fadenenden.

7 Den Körper des Schmetterlings beginnst du mit einer Anfangsschlinge in Erdbeere und häkelst 3 Luftmaschen.

8 Stich auf der Vorderseite des Schmetterlings durch die Mitte (der Faden des Knäuels geht hinter dem Schmetterling entlang), hole den Faden und ziehe ihn durch die Mitte, sodass du 2 Schlingen auf der Häkelnadel hast.

9 Zwischen den großen Flügelteilen lang gelegt, holst du nun wieder den Faden und ziehst ihn durch die 2 Schlingen – so, als ob du eine feste Masche durch die Mitte des Schmetterlings häkelst.

10 Häkle 8 Luftmaschen und lege die Luftmaschenkette um die Mittelachse des Schmetterlings.

11 Jetzt bist du auf der Rückseite des Schmetterlings bei deinem Ausgangspunkt, dem Fühler, angekommen. Stich dort durch den Anfang, hole den Faden und häkle 1 Kettmasche.

12 Jetzt häkelst du noch 3 Luftmaschen, schneidest den Faden 10 cm von der Häkelnadel entfernt ab und ziehst die Schlinge lang, bis das Fadenende durchrutscht. Die Fadenenden sicherst du, indem du sie verknotest.

13 Wiederhole Schritt 1–13, um die anderen Schmetterlinge zu fertigen. Verwende die Farbkombinationen, die dir am besten gefallen.

14 Bringe auf allen Schmetterlingen mit Klebstoff die Perlen so auf, dass die Perlenlöcher nach oben zeigen.

15 Um die Schmetterlingssammlung anzulegen, nimmst du zunächst das Passepartout aus dem Rahmen. Lege es auf die Pappe und auf das Papier und zeichne den inneren Umriss nach.

16 Schneide das Quadrat aus der Pappe aus und klebe das Papier mit Klebestift auf die Pappe. Schneide das überstehende Papier sauber ab.

17 Passepartout und beklebte Pappe setzt du nun ineinander und klebst alles auf die Holzrückwand des Rahmens auf.

18 Zeichne 9 Punkte in gleichmäßigen Abständen auf das Motivpapier als Markierungen, an denen du die Schmetterlinge festpikst.

19 Durch jeden Schmetterling pikst du nun 2 Pinnadeln und drückst sie in die Markierungen.

20 Zum Schluss setzt du den Rahmen zusammen und hast ein tolles Schmetterlingsbild.

Tipp

Verziere die Schmetterlinge, indem du noch einen andersfarbigen Rand um die Außenkante häkelst oder Knöpfe oder Pailletten aufklebst. Du kannst auch lustige Postkarten gestalten, auf die du die Schmetterlinge flach aufklebst.

Für Häkel-Profis

Du hast die Modelle der beiden ersten Kapitel locker gehäkelt? Dann geht's jetzt an die Profimodelle. Wie wäre es mit einer Decke mit Zierkanten, einem Fransenschal oder coolen Handwärmern und Stulpen mit Reliefmaschen? Die Kuschelkatze arbeitest du aus vielen Einzelteilen, die du am Ende zusammennähst. Viel Spaß!

Ideal für Frierkatzen

Kuschelige Streifendecke

Material

- Schachenmayr original Universa in Azurit (Fb 00167), 100 g
- Schachenmayr original Universa in Azalee (Fb 00138), 100 g
- Schachenmayr original Universa in Pink (Fb 00136), 100 g
- Schachenmayr original Universa in Rosa (Fb 00134), 100 g
- Schachenmayr original Universa in Indigo (Fb 00151), 100 g
- Schachenmayr original Universa in Cyclam (Fb 00135), 100 g
- Schachenmayr original Universa in Jeans (Fb 00152), 100 g
- Schachenmayr original Universa in Türkis (Fb 00165), 50 g
- Häkelnadel Nr. 4
- Schere
- Stopfnadel

Was du schon können musst: Luftmaschen, Kettmaschen, Stäbchen, feste Maschen

Was du neu lernst: Zierkanten

1 Mache eine Anfangsschlinge und häkle 202 Luftmaschen und 5 Wendeluftmaschen in Pink.

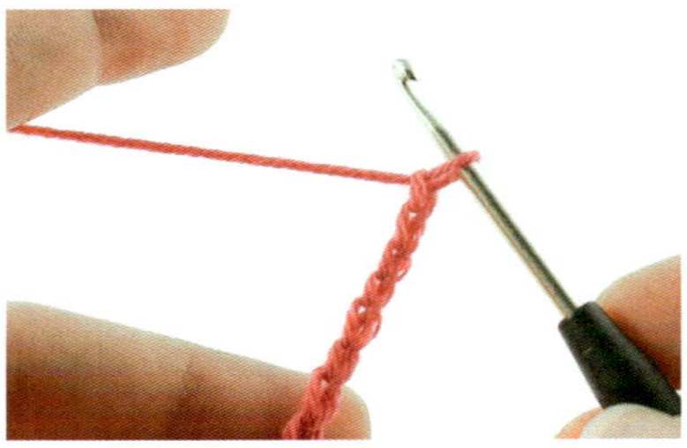

2 Reihe 1: Häkle je 1 Stäbchen in die 199. und in die 200. Luftmasche. Dann häkelst du 2 Luftmaschen und anschließend je 1 Stäbchen in die 196. und 195. Luftmasche. Arbeite auf diese Weise die ganze Reihe: Häkle 2 Stäbchen, dann 2 Luftmaschen, lass 2 Luftmaschenbögen frei und häkle dann wieder 2 Stäbchen.

Am Rundenende arbeitest du 1 Stäbchen in die 1. Luftmasche, häkelst 3 Wendeluftmaschen und wendest deine Arbeit.

3 Reihe 2: Häkle immer 2 Luftmaschen und anschließend immer 2 Stäbchen in die Luftmaschenbögen der Vorreihe.

So verfährst du bis zum Reihenende. Dort knotest du einen Faden in Jeans an, häkelst 3 Luftmaschen und wendest deine Arbeit.

4 Reihe 3: Häkle wieder 2 Luftmaschen und anschließend 2 Stäbchen in die Luftmaschenbögen der Vorreihe. So arbeitest du die ganze Reihe.

Am Ende machst du 1 Stäbchen in den 1. Maschenbogen der Vorreihe und anschließend 3 Wendeluftmaschen und wendest deine Arbeit.

5 Reihe 4: Häkle erneut 2 Luftmaschen und dann 2 Stäbchen in jeden Luftmaschenbogen der Vorreihe. Am Ende machst du 1 Stäbchen und knotest einen Faden in Rosa an, mit dem du 3 Wendeluftmaschen machst. Wende deine Arbeit.

6 Wiederhole Schritt 4 und 5 in Reihe 5 und 6 in Rosa, in Reihe 7 und 8 in Cyclam, in Reihe 9 und 10 und Azurit, in Reihe 11 und 12 in Indigo, in Reihe 13 und 14 in Rosa.

7 Jetzt hast du jede Farbe einmal verwendet. Arbeite wie in Schritt 6 beschrieben, bis jede Farbe 10-mal vorkommt.

8 Die letzte Schlinge in der letzten Farbe (Rosa) schneidest du 15 cm von der Häkelnadel entfernt ab und ziehst die Schlinge lang, bis das Fadenende durchrutscht.

9 Sichere alle Fäden, indem du sie vernähst.

10 Für die Zierkante häkelst du zunächst in jeden Maschenbogen rundherum 1 feste Masche in Türkis. An den Seitenkanten mit den Stäbchen, die nun quer stehen, häkelst du jeweils 2 feste Maschen pro Stäbchen.

11 Als Nächstes kommen die kleinen Fächerbögen. Dafür häkelst du in Türkis immer 5 Stäbchen in jeden 2. Maschenbogen. Schließe das letzte Stäbchen immer jeweils mit 1 Kettmasche an den übernächsten Maschenbogen an. Arbeite auf diese Weise die Zierkante rundherum.

12 Vernähe alle Fäden.

Tipp

Diese Decke ist so leicht und schnell gehäkelt – du kannst sie auch viel größer anfertigen, vielleicht sogar als Bettüberwurf.

Tipp

Hast du viele Wollreste? Die sind für diese Decke ideal. Wechsle die Farbenstreifen wild und ohne Reihenfolge. Das sieht toll aus!

Tipp

Du kannst das Muster auch in Runden arbeiten anstatt auf einer rechteckigen Fläche. Daraus wird ein toller Loopschal. Dazu musst du bei der Luftmaschenkette vom Anfang und bei jeder weiteren Runde immer die erste und die letzte Masche mit einer Kettmasche zusammenschließen. Das Muster häkelst du Runde um Runde, wie beschrieben

Schal mit Fransen

in frischen Frühlingsfarben

Material

- ONline Timona in Pink (Fb 45), 50 g
- ONline Timona in Aubergine (Fb 39), 50 g
- ONline Timona in Maigrün (Fb 44), 50 g
- ONline Timona in Kirschrot (Fb 20), 50 g
- Häkelnadel Nr. 4
- Schere
- Stopfnadel
- Pappe, A5

Was du schon können musst: Luftmaschen, Kettmaschen, Stäbchen

Was du neu lernst: viele Fäden vernähen, Fransen machen

1 Knote eine Anfangsschlinge in Kirschrot und häkle 27 Luftmaschen und 3 Wendeluftmaschen.

2 Reihe 1: Häkle 4 Stäbchen in die 21. Luftmasche.

3 Häkle weitere 4 Stäbchen in die 17. Luftmasche und weitere 4 in die 13., 9. und 5. Luftmasche.

4 In die 1. Luftmasche häkelst du 1 Stäbchen. Dann machst du 3 Wendeluftmaschen und wendest deine Arbeit.

5 Reihe 2: Häkle 3 Stäbchen in die Lücken zwischen dem einzelnen Stäbchen und dem nächsten Viererstäbchen. Häkle dann immer 4 Stäbchen in die Lücken zwischen den Viererstäbchen, auch in die Lücke zwischen dem letzten Viererstäbchen und den Luftmaschen.

6 Knote einen Faden in Aubergine an, häkle 3 Luftmaschen als Wendeluftmaschen und wende deine Arbeit.

7 Reihe 3: Häkle wieder je 4 Stäbchen in die Lücken der Viererstäbchen.

Nach der letzten Lücke häkelst du 1 Stäbchen in den Maschenbogen des letzten Stäbchens der Vorrunde. Dann machst du 3 Wendeluftmaschen und wendest deine Arbeit.

8 Reihe 4: Häkle wieder je 4 Stäbchen in jede Lücke der Vorrunde, auch in den Luftmaschenbogen ganz am Ende der Reihe.

9 Knote einen Faden in Grün an, mache 3 Wendeluftmaschen und wende deine Arbeit.

10 Reihe 5 und 6 arbeitest du wie in Schritt 7 und 8 beschrieben.

11 Knote einen Faden in Pink an, häkle 3 Wendeluftmaschen und wende deine Arbeit.

12 Reihe 7 arbeitest du wie in Schritt 7 und 8 beschrieben.

13 Wiederhole Schritt 7 und 8 mit allen Farben in der Reihenfolge Kirschrot, Aubergine, Grün und Pink, bis jede Farbe insgesamt 13-mal vorkommt.

14 Am Ende vernähst du alle Fäden.

15 Für die Fransen wickelst du Wollfäden von jeder Farbe etwa 5-mal um die kurze Seite der Pappe.

16 Schneide die aufgewickelten Fäden an einer Seite auf.

17 Ziehe immer ein Büschel durch eine Lücke an der Schalkante. Du kannst dafür auch eine große Häkelnadel zu Hilfe nehmen.

18 Führe die Fadenenden nach vorn, fädle sie durch die Schlinge und ziehe sie straff. Auf diese Weise befestigst du Fransen in allen Lücken der Schalkanten.

19 Schneide alle Fransen auf dieselbe Länge (etwa 10 cm).

Tipp

Wenn du nicht so viele Fäden vernähen willst, dann arbeite den Schal doch einfach einfarbig oder längs gestreift, denn dann sind die angeknoteten Fäden gleich schon deine Fransen. Beginne dafür in einer Farbe deiner Wahl mit 403 Luftmaschen und drei Wendeluftmaschen und häkle in die 398. Luftmasche die ersten 4 Stäbchen. Dann lässt du 3 Luftmaschenbögen aus und häkelst in die nächste Luftmasche wieder 4 Stäbchen usw. Dann häkelst du die Viererstäbchen in die Lücken wie in der Anleitung des quergestreiften Modells beschrieben.

Lässige Umhängetasche

mit viel Stauraum

Was du schon können musst: Luftmaschen, Kettmaschen, feste Maschen, Stäbchen

1 Häkle eine Luftmaschenkette aus 60 Luftmaschen in Indigo.

2 Runde 1: Häkle die Reihe zurück, indem du zuerst 4 Luftmaschen und anschließend in jeden 2. Luftmaschenbogen je 1 Stäbchen und 1 Luftmasche machst.

3 Wenn du wieder am Anfang angekommen bist, häkelst du in deine 1. Luftmasche 3-mal je 1 Stäbchen und 1 Luftmasche.

4 Jetzt bist du auf der Unterseite deiner Luftmaschenkette vom Anfang und häkelst in jeden weiteren Luftmaschenbogen, also in die Löcher, die sich ergeben haben, weil du in der Reihe gegenüber nur in jeden 2. Luftmaschenbogen gearbeitet hast, je 1 Stäbchen und 1 Luftmasche.

5 Wenn du am Ende dieser Reihe angekommen bist, machst du in den letzten Maschenbogen je 3 Stäbchen und 3 Luftmaschen. Die letzte Luftmasche schließt an deine Luftmaschen der 1. Runde an. Häkle beide mit 1 Kettmasche zusammen.

6 Runde 2: Häkle 3 Luftmaschen und anschließend 1 Reihe je 1 Stäbchen und 1 Luftmasche. Wenn du wieder am Anfang der Reihe angekommen bist, verbindest du die letzte Luftmasche und deine Luftmaschenkette vom Anfang mit 1 Kettmasche.

7 Runde 3–5: Wiederhole Schritt 6 in den nächsten 3 Runden.

8 Runde 6: Knote einen Faden in Türkis an und häkle als Erstes 1 feste Masche und anschließend 5 Luftmaschen. Häkle die Kette mit 1 festen Masche an dem 3. Luftmaschenbogen der Vorrunde an. Anschließend machst du wieder 5 Luftmaschen, die du mit 1 festen Masche in den 3. Luftmaschenbogen der Vorrunde häkelst. Arbeite die Runde weiter und schließe am Ende die 1. und die letzte Masche mit einer Kettmasche.

9 Runde 7: Jetzt häkelst du 3 Luftmaschen und anschließend je 1 Stäbchen in jeden Maschenbogen der Vorrunde, bis du wieder am Rundenanfang bist. Dort schließt du die letzte Schlinge mit 1 Kettmasche an die oberste der Luftmaschen vom Anfang.

10 Runde 8: Knote den Faden der nächsten Farbe an und häkle 5 Luftmaschen. Schließe die Kette mit 1 festen Masche in der Lücke zwischen dem 2. und dem 3. Stäbchen der Vorrunde an. So arbeitest du die ganze Reihe und schließt sie am Ende wieder mit 1 Kettmasche.

11 Runde 9: Häkle 3 Luftmaschen und anschließend 1 Stäbchen in jeden Maschenbogen der Vorrunde, bis du wieder am Anfang bist. Dort schließt du die letzte Schlinge mit 1 Kettmasche an die oberste Luftmasche vom Anfang an.

12 Runde 10–19: Wiederhole Schritt 10 und 11 mit 10 weiteren Farbwechseln, bis du jede Farbe 4-mal in deinen Runden verarbeitet hast. Achte darauf, dass du bei jedem Farbwechsel die festen Maschen, mit denen du die Luftmaschen an die Vorrunde anschließt, versetzt arbeitest – nur so ergibt sich das Muster.

Material

- Schachenmayr original Universa in Rosa (Fb 00134), 50 g
- Schachenmayr original Universa in Pink (Fb 00136), 50 g
- Schachenmayr original Universa in Türkis (Fb 00165), 50 g
- Schachenmayr original Universa in Indigo (Fb 00151), 100 g
- Häkelnadel Nr. 3,5
- Schere
- Stopfnadel

13 Runde 20: Knote einen Faden in Indigo an und häkle 3 Luftmaschen. Anschließend arbeitest du zwischen jedes Stäbchen je 1 Stäbchen und 1 Luftmasche. Jede 4. Lücke zwischen den Stäbchen der Vorrunde überspringst du dabei aber einfach. Am Rundenende schließt du wieder mit einer Kettmasche an der obersten deiner 3 Luftmaschen.

14 Runde 21–23: Häkle reihum in jeden Luftmaschenbogen der Vorrunde je 1 Stäbchen und 1 Luftmasche und schließe die Runde mit einer Kettmasche.

15 Für den Trageriemen häkelst du am Rundenende 3 Luftmaschen und wendest deine Tasche. Dann häkelst du in die nächsten 6 Luftmaschenbögen der Vorrunde je 1 Stäbchen und 1 Luftmasche.

16 Wiederhole Schritt 15 etwa 90-mal – je nachdem, wie lang du deinen Trageriemen haben möchtest.

17 Lege den fertig gehäkelten Gurt an die gegenüberliegende Taschenkante. Häkle 1 Runde feste Maschen durch die übereinanderliegenden Luftmaschenbögen von Tasche und Trageriemen.

18 Schneide deinen Faden 15 cm von der Häkelnadel entfernt ab und ziehe die letzte Schlinge lang, bis das Fadenende durchrutscht. Vernähe alle Fadenenden.

Tipp

Du kannst deine Tasche verzieren, indem du Buttons ansteckst, Knöpfe annähst oder eine Schleife durch den oberen Rand ziehst.

Tipp

Wie wäre es mit einer Lasche zum Schließen? Dazu häkelst du einfach einen großen Kreis in den verwendeten Farben und nähst ihn hinten an die Tasche an. Auch Innenfutter kannst du ergänzen. Schneide zwei Stoffteile in der Größe der Tasche zu, nähe die Kanten um und bringe sie mit Heftstichen innen an der Tasche an. Sieht toll aus!

Pulswärmer und Handstulpen

halten deine Hände warm

Was du für die Pulswärmer können musst: Magic Loop, Kettmaschen, Luftmaschen, feste Maschen

Zusätzlich für den Stern: halbe Stäbchen, Stäbchen und Doppelstäbchen

Was du neu lernst: Reliefmaschen

Pulswärmer

1 Knote eine Schlinge in Petrol und schlage 10 Luftmaschen und 1 Wendeluftmasche an.

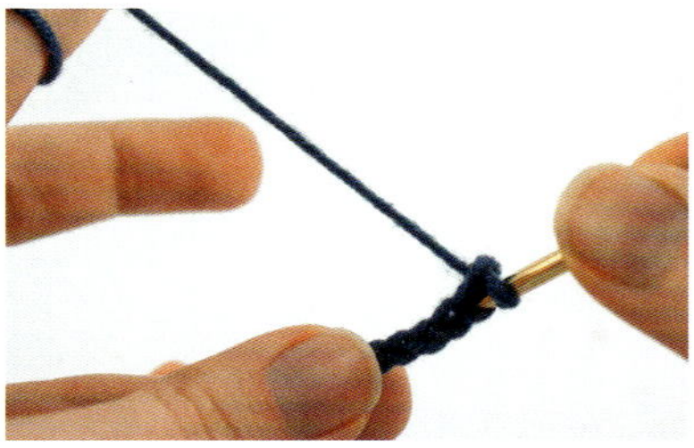

2 Häkle mit der Nadel in der Stärke 3,5 in jeden Maschenbogen der Vorrunde 1 feste Masche. Am Ende machst du 1 Wendeluftmasche und wendest deine Arbeit.

3 Häkle immer nur in die hintere Schlinge der Maschenbögen 1 feste Masche. So entstehen Reliefmaschen.

Am Ende häkelst du 1 Wendeluftmasche und wendest deine Arbeit.

Material

Blauer Pulswärmer mit weißem Stern

- ONline Timona in Petrol (Fb 27), 50 g
- Rest Schachenmayer original Catania in Weiß (Fb 00106)
- Häkelnadel Nr. 3,5
- Häkelnadel Nr. 3
- Nähnadel
- Stopfnadel

Einfacher roter Pulswärmer

- ONline Timona in Bordeaux (Fb 20), 50 g
- Häkelnadel Nr. 3,5
- Nähnadel
- Stopfnadel

Pulswärmer in Mint mit blauem Stern

- ONline Timona in Mint (Fb 50), 50 g
- Rest Schachenmayer original Catania in Jeans (Fb 00164)
- Häkelnadel Nr. 3,5
- Häkelnadel Nr. 3
- Nähnadel
- Stopfnadel

4 Schritt 2 und 3 wiederholst du 15-mal.

5 Lege deine 1. und deine letzte Reihe aneinander – die Reliefseite ist außen – und verhäkle sie. Dazu häkelst du feste Maschen durch die hintere Schlinge der Maschenbögen der letzten Reihe und durch die Maschenbögen deiner Anfangsreihe.

6 Schneide den Faden 15 cm von der Häkelnadel entfernt ab und ziehe die Schlinge lang, bis das Fadenende durchrutscht. Die Fadenenden vernähst du.

Stern

Schrittfotos zum Häkeln von Sternen findest du auf Seite 92.

1 Beginne mit einem Magic Loop in Weiß. Benutze die Nadel in Stärke 3.

2 Häkle 12 feste Maschen in den Magic Loop und verbinde die letzte und die 1. Masche mit 1 Kettmasche. Ziehe am Anfangsfaden, damit sich dein Magic Loop schließt.

3 Häkle 4 Luftmaschen. Anschließend häkelst du in die 3. Luftmasche 1 feste Masche, in die zweite 1 halbes Stäbchen und in die erste 1 Stäbchen.

4 Die Schlinge, die nun auf deiner Häkelnadel liegt, verbindest du mit dem übernächsten Maschenbogen deiner 1. Maschenrunde, indem du 1 Kettmasche häkelst.

5 Wiederhole Schritt 3 und 4 noch 4-mal. Fertig ist dein Stern.

6 Schneide den Faden 10 cm von der Häkelnadel entfernt ab und ziehe das Fadenende durch die Schlinge. Vernähe die Fadenenden.

7 Nähe den Stern auf den Pulswärmer. Du kannst ihn auch mit Textilkleber festkleben.

Was du für die Handstulpen können musst: Kettmaschen, Luftmaschen, Reliefmaschen, feste Maschen

Handstulpen

1 Das Bündchen arbeitest du in Farbe A, wie bei dem Pulswärmer in Schritt 1 bis 6 beschrieben.

2 Knote an einer beliebigen Stelle des Rands Farbe B an.

3 Häkle immer 1 feste Masche in die Bögen des Bündchens und dann 1 Luftmasche; die Löcher des Bündchens, die zu den flachen Reihen gehören, überspringst du.

4 In der nächsten Runde häkelst du feste Maschen in jeden Maschenbogen der Vorrunde. Schneide den Faden ab und sichere ihn.

5 Knote Farbe C an und häkle immer 1 feste Masche und 1 Luftmasche, wobei du die festen Maschen nur in jeden 2. Maschenbogen der Vorrunde häkelst. Schneide den Faden am Ende ab und sichere ihn.

6 Knote Farbe D an und häkle immer 1 feste Masche und 1 Luftmasche, wobei du die festen Maschen nur in Luftmaschenbögen der Vorrunde häkelst. Schneide den Faden am Ende ab und sichere ihn.

7 Knote Farbe A an und häkle damit eine weitere Runde, wie in Schritt 6 beschrieben.

8 Nun beginnt die Aussparung für den Daumen. Knote Farbe B an und häkle wie in Schritt 6 beschrieben weiter. Die letzten 2 Maschenbögen der Vorrunde lässt du allerdings aus, schneidest deinen Faden ab und sicherst ihn.

9 Knote da, wo du eben aufgehört hast, Farbe C an und häkle die Reihe zurück (statt reihum).

10 Ebenso verfährst du jeweils mit Farbe D und mit Farbe A.

11 Wiederhole Schritt 8–10 noch einmal. Wenn du mit Farbe A am Ende der Reihe angelangt bist, machst du 3 Luftmaschen und häkelst sie mit 1 Kettmasche an die Masche, mit der deine Runde begonnen hat. Jetzt ist das Daumenloch geschlossen.

12 Wiederhole Schritt 6 mit Farbe B, Farbe C, Farbe D und wieder Farbe A.

13 Häkle noch 1 Runde in der beschriebenen Art und Weise mit Farbe A. Dann schneidest du den Faden ab und vernähst ihn. Fertig!

Tipp

Auch einfarbig ergibt das Häkelmuster einen tollen Effekt, und du musst nicht so viele Fäden vernähen. Du kannst die Fäden auch anstatt abzuschneiden innen immer mitführen, bis sie wieder an der Reihe sind (Flottung). Dann nimmst du den jeweiligen Faden innen locker wieder hoch, um damit weiterzuhäkeln. Der Faden darf nicht gespannt sein, sonst knäult sich deine Häkelarbeit zusammen. Mit der Flottung sparst du dir das vernähen. Allerdings geht das nur bis zum Daumenloch.

Material

Handstulpen

- Farbe A: ONline Timona in Petrol (Fb 27), 100 g
- Farbe B: ONline Timona in Dunkelpink (Fb 45), 50 g
- Farbe C: ONline Timona in Mint (Fb 50), 50 g
- Farbe D: ONline Timona in Violett (Fb 31), 50 g
- Häkelnadel Nr. 3,5

Süße Schmusekatze

macht es sich im Körbchen gemütlich

Was du schon können musst: Kettmaschen, Luftmaschen, feste Maschen, Häkeln in Runden bzw. Zunahmen und Abnahmen, halbe Stäbchen und Doppelstäbchen, Nähen

Material

- Schachenmayr original Universa in Azurit (Fb 000167), 150 g
- Schachenmayr original Universa in Pink (Fb 00136), 50 g
- Schachenmayr original Universa in Rosa (Fb 00134), 50 g
- Rest Schachenmayr original Universa in Weiß (Fb 00001)
- Blumendraht, 15 cm lang
- 4 Knöpfe in Rosa, ø 1,5 cm
- 2 Tieraugenknöpfe, ø 8 mm
- 100 g Füllwatte
- 4 EL Linsen (alternativ Kirschkerne oder Polysterolgranulat)
- Klebstoff
- Häkelnadel Nr. 3,5
- Schere
- Stopfnadel

Katzenkörper

1 Beginne mit einem Magic Loop in Azurit.

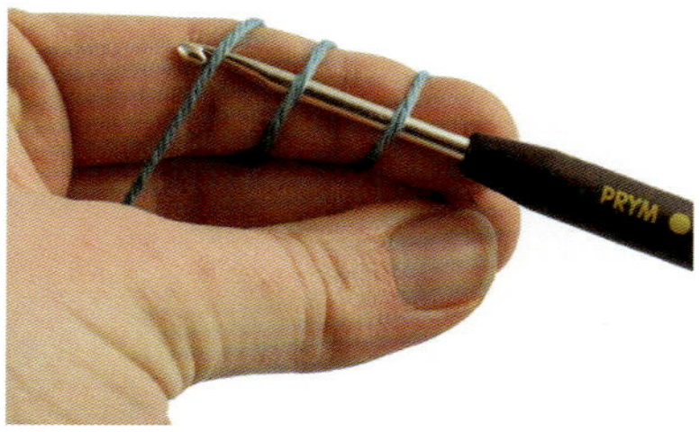

2 Runde 1: Häkle 10 feste Maschen in deinen Magic Loop, schließe die 1. und die 10. Masche mit 1 Kettmasche und ziehe behutsam am Anfangsfaden, damit sich dein Magic Loop schließt.

3 Runde 2: Häkle in jeden Maschenbogen der Vorrunde 2 feste Maschen. Lege einen Faden in einer anderen Farbe in deine Arbeit, um den Anfang jeder Runde zu markieren.

4 Runde 3: Häkle in jeden Maschenbogen der Vorrunde je 1 feste Masche.

5 Runde 4: Häkle in jeden Maschenbogen der Vorrunde 1 feste Masche, in jeden 2. Maschenbogen 2 feste Maschen (Zunahme).

6 Runde 5: Häkle in jeden Maschenbogen der Vorrunde 1 feste Masche.

7 Runde 6: Häkle in jeden Maschenbogen der Vorrunde 1 feste Masche, in jedem 3. Maschenbogen nimmst du 1 feste Masche zu.

8 Runde 7: Häkle in jeden Maschenbogen der Vorrunde 1 feste Masche.

9 Runde 8: Häkle in jeden Maschenbogen der Vorrunde 1 feste Masche, in jedem 4. Maschenbogen nimmst du 1 feste Masche zu.

10 Runde 9–27: Häkle in jeden Maschenbogen der Vorrunde 1 feste Masche.

11 Runde 28: Häkle in jeden Maschenbogen der Vorrunde 1 feste Masche, jede 5. und 4. feste Masche häkelst du dabei zusammen ab (Abnahme).

12 Runde 29: Häkle in jeden Maschenbogen der Vorrunde 1 feste Masche.

13 Runde 30: Häkle in jeden Maschenbogen der Vorrunde 1 feste Masche, jede 4. und 3. Masche häkelst du zusammen ab.

14 Runde 31: Häkle in jeden Maschenbogen der Vorrunde 1 feste Masche.

15 Runde 32: Häkle in jeden Maschenbogen der Vorrunde 1 feste Masche. Jede 3. und 2. Masche häkelst du zusammen ab.

16 Runde 33: Häkle in jeden Maschenbogen der Vorrunde 1 feste Masche.

17 Runde 34: Häkle in jeden Maschenbogen der Vorrunde 1 feste Masche, dabei häkelst du immer 2 feste Maschen zusammen ab. Schneide den Faden 15 cm von der Häkelnadel entfernt ab und ziehe die Schlinge lang, bis der Anfangsfaden durchrutscht.

18 Fülle den Katzenkörper mit Füllwatte.

19 Stich mit der Häkelnadel in jeden Maschenbogen der Vorrunde ein und ziehe den Faden durch. Am Ende der Runde ziehst du am Faden und der Körper schließt sich. Vernähe den Faden.

Katzenkopf

1 Wiederhole Schritt 1–9 von der Anleitung des Katzenkörpers.

2 Runde 9–12: Häkle in jeden Maschenbogen der Vorrunde 1 feste Masche.

3 Runde 13: Häkle in jeden Maschenbogen der Vorrunde 1 feste Masche, in jeden 5. Maschenbogen häkelst du 2 feste Maschen.

4 Runde 14–20: Häkle in jeden Maschenbogen der Vorrunde 1 feste Masche.

5 Runde 21: Häkle in jeden Maschenbogen der Vorrunde 1 feste Masche, jede 5. und 6. Masche häkelst du zusammen ab (Abnahme).

6 Runde 22: Häkle in jeden Maschenbogen der Vorrunde 1 feste Masche.

7 Runde 23: Häkle in jeden Maschenbogen der Vorrunde eine feste Masche, jede 4. und 5. Masche häkelst du zusammen ab.

8 Runde 24: Häkle in jeden Maschenbogen der Vorrunde 1 feste Masche.

9 Runde 25: Häkle in jeden Maschenbogen der Vorrunde eine feste Masche, jede 3. und 4. Masche häkelst du zusammen ab.

10 Runde 26: Häkle in jeden Maschenbogen der Vorrunde 1 feste Masche.

11 Runde 27: Häkle in jeden Maschenbogen der Vorrunde 1 feste Masche, jede 2. und 3. Masche häkelst du zusammen ab.

12 Runde 28: Häkle in jeden Maschenbogen der Vorrunde 1 feste Masche.

13 Runde 29: Häkle in jeden Maschenbogen der Vorrunde 1 feste Masche, dabei häkelst du immer 2 Maschen zusammen ab. Schneide den Faden 15 cm von der Häkelnadel entfernt ab und ziehe die Schlinge durch, bis der Anfangsfaden durchrutscht.

14 Fülle den Katzenkopf mit Füllwatte.

15 Stich mit der Häkelnadel in jeden Maschenbogen der Vorrunde ein und ziehe den Faden durch. Am Ende der Runde ziehst du am Faden und der Kopf schließt sich. Vernähe den Faden.

Einfarbige Katzenbeine

1 Beginne mit einem Magic Loop in Azurit.

2 Runde1: Häkle 7 feste Maschen in den Magic Loop und ziehe behutsam am Faden. Dein Magic Loop schließt sich. Häkle die 1. und die 7. feste Masche mit 1 Kettmasche zusammen.

3 Runde 2: Häkle in jeden Maschenbogen der Vorrunde 2 feste Maschen. Lege einen Faden in einer anderen Farbe als Kreismarkierung ein.

4 Runde 3–22: Häkle in jeden Maschenbogen der Vorrunde 1 feste Masche.

5 Fülle mithilfe eines Trichters einen Teelöffel Linsen in das Katzenbein. Gib etwas Füllwatte obenauf. Achte jedoch darauf, dass das Bein oben flach bleibt.

6 Runde 23: Häkle in jeden Maschenbogen der Vorrunde 1 feste Masche, jede 3. und 2. Masche häkelst du zusammen ab (Abnahmen).

7 Runde 24: Häkle in jeden Maschenbogen der Vorrunde 1 feste Masche.

8 Runde 25: Häkle in jeden Maschenbogen der Vorrunde 1 feste Masche, dabei häkelst du immer 2 Maschen zusammen ab. Schneide anschließend den Faden 15 cm von der Häkelnadel entfernt ab und ziehe die Schlinge lang, bis der Anfangsfaden durchrutscht.

9 Stich mit der Häkelnadel in jeden Maschenbogen der Vorrunde ein und ziehe den Faden durch. Am Ende der Runde ziehst du am Faden und das Katzenbein schließt sich. Vernähe den Faden.

10 Wiederhole Schritt 1–9, um das 2. Katzenbein zu fertigen.

Zweifarbige Katzenbeine

1 Arbeite Schritt 1–3 der einfarbigen Katzenbeine in Rosa.

2 Runde 3–9: Häkle feste Maschen in die Maschenbögen der Vorrunde.

3 Runde 10–22: Knote einen Faden in Azurit an und häkle in jeden Maschenbogen der Vorrunde eine feste Masche.

4 Arbeite weiter wie in Schritt 5–9 der einfarbigen Katzenbeine beschrieben.

5 Das nächste Katzenbein arbeitest du wie in Schritt 1–4 beschrieben. Verwende zu Beginn das Garn in Pink.

Katzenschwanz

1 Arbeite Schritt 1–3 des einfarbigen Katzenbeins in Azurit.

2 Runde 3–9: Häkle in jeden Maschenbogen der Vorrunde 1 feste Masche.

3 Runde 10–11: Knote einen Faden in Pink an und häkle in jeden Maschenbogen der Vorrunde 1 feste Masche.

4 Runde 12–13: Knote einen Faden in Rosa an und häkle in jeden Maschenbogen der Vorrunde 1 feste Masche.

5 Runde 14–15: Knote einen Faden in Azurit an und häkle in jeden Maschenbogen der Vorrunde 1 feste Masche.

6 Wiederhole Schritt 3–5 4-mal. Du erhältst nach 40 Runden insgesamt 3 Ringe in jeder Farbe.

7 Runde 41: Häkle noch 1 weitere Runde in Azurit.

8 Nun kannst du den Katzenschwanz füllen. Biege die Drahtenden etwa 1 cm um. Umwickle den Draht mit etwas Füllwatte und schiebe das Ganze in den Schwanz.

9 Runde 42: Häkle in jeden Maschenbogen der Vorrunde 1 feste Masche, jede 3. und 2. Masche häkelst du zusammen ab.

10 Runde 43: Häkle in jeden Maschenbogen der Vorrunde 1 feste Masche.

11 Runde 44: Häkle in jeden Maschenbogen der Vorrunde 1 feste Masche, dabei häkelst du jeweils 2 Maschen zusammen ab. Schneide den Faden 15 cm von der Häkelnadel entfernt ab und ziehe die Schlinge lang, bis der Anfangsfaden durchrutscht.

12 Stich mit der Häkelnadel in jeden Maschenbogen der Vorrunde ein und ziehe den Faden durch. Am Ende der Runde ziehst du am Faden und der Katzenschwanz schließt sich. Vernähe den Faden.

Schnäuzchen

1 Beginne mit einem Magic Loop in Weiß.

2 Runde 1: Arbeite 10 feste Masche in den Magic Loop und häkle die 1. und 10. zusammen. Zieh am Anfangsfaden, damit sich der Magic Loop schließt.

3 Runde 2: In 7 Maschenbögen der Vorrunde machst du 1 feste Masche. Schneide den Faden 10 cm von der Häkelnadel entfernt ab und ziehe die Schlinge lang, bis der Anfangsfaden durchrutscht. Vernähe den Faden.

4 Arbeite Schritt 1–3 noch einmal.

Katzennase und Innenohr

1 Schlage für die Nase 6 Luftmaschen in Pink an, stich in die 5. ein und häkle 1 halbes Stäbchen. Auch in die 4. arbeitest du 1 halbes Stäbchen. In die 3. Luftmasche machst du 2 Doppelstäbchen und in die 2. und 1. Luftmasche machst du je 1 halbes Stäbchen.

2 Schneide den Faden 10 cm von der Häkelnadel entfernt ab und ziehe die Schlinge lang, bis der Anfangsfaden durchrutscht. Vernähe den Faden.

3 Für die beiden Innenohren arbeitest du Schritt 1 und 2 in Rosa und Pink.

Katzenohren

1 Schlage 9 Luftmaschen in Azurit an.

2 Häkle in die 8. bis 1. Luftmasche je 1 feste Masche. Mache 1 Wendeluftmasche und wende deine Arbeit.

3 Häkle in die Maschenbögen der Vorrunde 1 feste Masche, die letzten beiden Maschen häkelst du zusammen ab. Mache 1 Wendeluftmasche und wende deine Arbeit.

4 Arbeite Runde um Runde weiter wie in Schritt 3 beschrieben, bis du nur noch 2 Maschenbögen hast, die du zusammen abhäkelst. Schneide den Faden 10 cm von der Häkelnadel entfernt ab und ziehe die Schlinge lang, bis der Anfangsfaden durchrutscht. Vernähe den Faden.

Ausarbeitung

1 Nähe oder klebe die Ohrenmitten auf die Ohren und bringe Schnäuzchen, Ohren, Nasen und Augen an deinem Katzenkopf an. Dann nähst du den Schwanz an den Katzenkörper.

2 Jetzt kommen die Beine dran. Fädle einen Faden auf die Stopfnadel und verknote das Fadenende. Stich von hinten durch ein Bein und durch den Knopf. Führe den Faden durch das andere Knopfloch wieder nach hinten und stich durch den Katzenkörper auf die andere Seite. Stich durch das 2. Bein und durch den Knopf. Führe die Nadel durch das 2. Knopfloch zurück und stich wieder durch Bein und Katzenkörper auf die andere Seite. Nähe auf diese Weise einige Male hin und her. Am Ende vernähst du den Faden. Mit den Hinterbeinen verfährst du genauso.

3 Nähe den Kopf an den Katzenkörper. Für die Barthaare ziehst du mithilfe einer Stopfnadel 3 Fäden von links nach rechts durch das komplette Schnäuzchen und machst jeweils Knoten hinein, damit sie nicht zurückrutschen können.

Tipp

Eine einfachere Version der Katze gibt es natürlich auch. Häkle alle Teile einfarbig und fülle sie einfach nur mit Füllwatte, bevor du sie annähst.

Tipp

Mit kürzerem Schwanz, Schlappohren und einem weiteren Tieraugenknopf als Nase kannst du nach derselben Anleitung einen Hund gestalten. Die Schlappohren könnten etwa wie die Girlandenblätter von Seite 74 gearbeitet sein. Oder du machst ein Schaf, indem du den Körper mit wollweißem Fransengarn häkelst und alle übrigen Teile in Braun – den Schwanz lässt du dann weg und die Ohren gestaltest du ebenfalls wie die Girlandenblätter.

Tipp

Katzen sind bekanntlich wasserscheu. Wenn du diese Katze waschen möchtest, solltest du statt der Linsen Polysterolkugeln in die Beine füllen. Linsen quellen beim Waschen auf.

Du hättest gerne weitere Ideen zu den Themen Basteln, Handarbeiten, Malen, Zeichnen und allerlei mehr? Hier wirst du fündig!

TOPP 5764
ISBN 978-3-7724-5764-7

TOPP 5782
ISBN 978-3-7724-5782-1

TOPP 5753
ISBN 978-3-7724-5753-1

TOPP 5774
ISBN 978-3-7724-5774-6

TOPP 5677
ISBN 978-3-7724-5677-0

TOPP 5676
ISBN 978-3-7724-5676-3

TOPP 5718
ISBN 978-3-7724-5718-0

TOPP 5799

ISBN 978-3-7724-5799-9

TOPP 5783

ISBN 978-3-7724-5783-8

TOPP 5753

ISBN 978-3-7724-5753-1

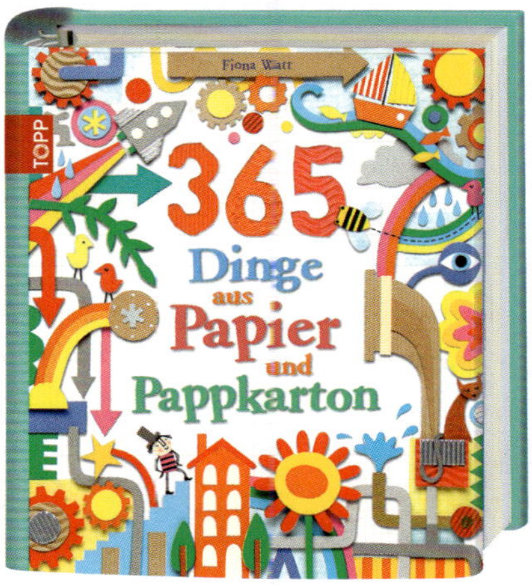

TOPP 5758

ISBN 978-3-7724-5758-6

TOPP 5734

ISBN 978-3-7724-5734-0

TOPP 5674

ISBN 978-3-7724-5674-9

TOPP 4086

ISBN 978-3-7724-4086-1

TOPP 4087

ISBN 978-3-7724-4087-8

TOPP 4074

ISBN 978-3-7724-4074-8

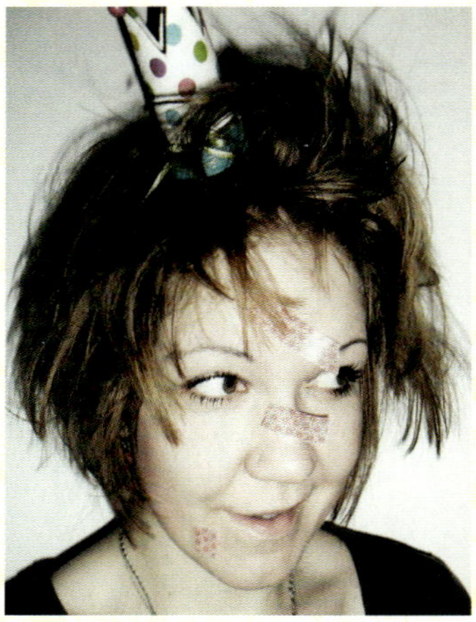

Franziska Heidenreich

Franziska Heidenreich ist Diplom Kommunikationspsychologin und gelernte Mediengestalterin. Sie ist die Autorin von einigen ganz besonderen und erfolgreichen Kinderbastelbüchern des frechverlags und fühlt sich auch bei den klassischen Handarbeitsthemen pudelwohl. Laut eigener Aussagen hatte sie im zarten Alter von sieben Jahren das erste Mal Stoff, Wolle und Häkelnadel in der Hand und hat damit fleißig ihren Puppen zu einer neuen Kleiderkollektion verholfen – und das, obwohl niemand in ihrem Umfeld in Sachen „Handarbeiten" hilfreichen Beistand leisten konnte. Beim Häkeln war sie schon immer fasziniert davon, dass aus einem einzigen Wollfaden alle erdenklichen Formen entstehen können, was ganz wunderbar in Franziskas Welt passt, in der das „Sich-Dinge-Ausdenken" zu ihren Lieblingsbeschäftigungen gehört. Sie lebt seit einigen Jahren mit ihrem Freund, ihrem Sohn und ihrer Katze in Berlin.

DANKE!
Wir Danken der Firma Coats für die Unterstützung bei diesem Buch.
Coats GmbH Kensingen
www.schachenmayr.com
www. coatsgmbh.de
Außerdem danken wir den Firmen Union Knopf (Bielefeld) und Prym (Stolberg) für die freundliche Unterstützung mit Materialien.

KREATIV-HOTLINE

Hilfestellung zu allen Fragen, die Materialien und Bastelbücher betreffen: **Frau Erika Noll** berät Sie. Rufen Sie an oder schreiben Sie eine E-Mail!
Telefon: 0 50 52 / 91 18 58* E-Mail: mail@kreativ-service.info

*normale Telefongebühren

MODELLE: Franziska Heidenreich
FOTOS: frechverlag GmbH, 70499 Stuttgart; lichtpunkt, Michael Ruder, Stuttgart
PRODUKTMANAGEMENT: Carolin Eichenlaub
LEKTORAT: Dr. Christine Schlitt
LAYOUTENTWICKLUNG UND GESTALTUNG: Katrin Röhlig
DRUCK UND BINDUNG: Appel, Wemding

4. Auflage 2014

 www.topp-kreativ.de

ISBN 978-3-7724-5797-5
Best. Nr. 5797